T0113598

Secuestro en la plaza

Secuestro en la plaza

Adalberto Mendez

Número de Control de la Biblioteca del Congreso: 2023912980
ISBN: Tapa Blanda   978-1-5065-5036-7
               Libro Electrónico   978-1-5065-5037-4

Información de la imprenta disponible en la última página.

Fecha de revisión: 02/08/2023

Para realizar pedidos de este libro, contacte con:
Palibrio
1663 Liberty Drive
Suite 200
Bloomington, IN 47403
Gratis desde EE. UU. al 877.407.5847
Gratis desde México al 01.800.288.2243
Gratis desde España al 900.866.949
Desde otro país al +1.812.671.9757
Fax: 01.812.355.1576
ventas@palibrio.com
832672

'Hola, me parece haberlos visto antes, ¿Son de aquí.

o, por primera vez, aquí?"

-"Placer conocerlos. Somos españoles. Noto que habrá fiesta en la capital, esta noche, ¿ah? "

-"Está usted. en lo cierto Señor, será una ruidosa y despampanante fiesta. ¿Cómo les parece Puerto Rico? "

Saludos, mi nombre es Mario. Esta hermosa mujer a mi lado es mi novia. Estamos encantados de estar aquí. Esta Isla, para serles sincero, es un territorio de única belleza terrenal." Ojeando una revista de La Capital, que encontré en mi asiento mientras volábamos hacia acá, he visto que, tienen ustedes formidables establecimientos comerciales, y parece que, la trasportación pública es buena y una gastronomía formidable. Esa música que oigo es alegre, tentadora para el amante de la diversión gentilicia. ¡Cómo se enloquece la gente! En mi caso, mejor prefiero la abstención, no es mi mejor diversión. Practico bastante la abstinencia de fiestas de esta clase, por no estar estas acorde a mis costumbres y principios. Si me vieran haciendo lo contrario, todo

Cap. 1

ha sido por una promesa que le he hecho a la madre de Fanny, para ayudarla a salir de estas malas costumbres de fiestas. Ella lo sabe, y pienso cumplir a su madre lo prometido que le hice al salir de España. Pido al Dios de mis ancestros me excuse, si algún yerro cometo. Este territorio se nota ser de economía óptima para la inversión.

A primera vista, me parece ser este un lugar maravilloso para negocio, pues aquí hay de todo, es norte-americano y se habla español.

¡Fantástico! ¡Creo que estamos en el sitio apropiado para negocio! Nos estamos alojando en un moderno y bello hotel, no muy lejos de aquí. Oiga, miro a esas playas y me parecen una ilusión, y las verdes montañas, no tienen parangón, el café, el más sabroso que he bebido, y nos sentimos sumamente alegres, y queremos conocerlos y ser vuestros amigos, y poder viajar alrededor de la isla para conocerla mejor. ''

-''Perdonarme que haga una informal identificación de mi persona. Es que me siento tan alegre por conocerlos, que no puedo esperar mi turno para hacerlo. Mi nombre es Fanny Broggy, francesa de nacimiento, de padres judíos, también ciudadana española, he vivido la mayor parte de mi vida en España, y ahora mismo, me siento judía, puertorriqueña, española, y francesa, amo mucho a

Cap. 1

España y a Francia. ¿No les parece complicado? Aquí me siento tan española, como si estuviera viviendo en España. Siento que ustedes son también mi sangre, mis hermanos, y todos hablamos español, ¡que lindo!

Créanme, es que hemos visitado y vivido en países de Europa, muy interesantes, con grandes territorios, pero, aquí, en esta pequeña isla, hay algo distinto algo como mágico, casi inexplicable, algo que me atrae, y me aprisiona, que me hace sentir ya de aquí, y todavía no hemos acabado bien de llegar, y ya me siento de aquí. ¿Cómo se llama vuestra merced? "

-"Encantados conocerla Fanny y Mario, si esa sensación has sentido, bienvenida seas, tanto tú como tu novio Mario. Desde ya son nuestros hermanos judíos. puertorriqueños-americanos, españoles y franceses. No es difícil entenderlo, es común en aquellos que tenemos inquietudes y buscamos prosperidad. Nos gusta la aventura. Yo tuve más o menos la misma experiencia al tocar tierra en Puerto Rico. Los invito a que se queden con nosotros en esta vieja ciudad, San Juan. Es la más vieja ciudad de América, hoy cumple 600 años. Nuestros reyes españoles estuvieron en la mañana con nosotros, para la celebración del cumpleaños.

Cap. 1,

Mi nombre es Juan García para servirles, y esta preciosa mujer, a mi lado es mi novia, responde al nombre de Myrian Garzot. Hombre, pues nos es un gran placer tener este encuentro, con ustedes, y conocerlos. "

-"Señor Juan y vuestra compañera Myriam; ¿tienen ustedes ya ciudadanía norte-americana? Noto que a veces insertan algunos anglicismos en la conversación, y suena muy bonito. Es algo natural, e inevitable para los que hemos vivido en otros países por mucho tiempo."

-Soy nacido y criado en España. puertorriqueño-americano por adopción. Viví con mis padres por muchos años en Medina de Pomar, provincia de Burgos. Mis padres son también de origen judíos español. ¡Un gran placer conocerlos!

-"Mario y Fanny! Bienvenidos al Puerto Rico americano, pero tan español como un "ole, ¡vea"! Somos ciudadanos norte-americanos hace cinco años, y orgullosos de ser puertorriqueños-españoles ¿No les parece complicado?"

-"Pues no, es bonito agradable al oído cuando intercalan al castellano vocablos de inglés ¿Juan, dominan ya ustedes bien el inglés?

Cap. 1,

He oído en mi alrededor a muchos jóvenes hablando en inglés. Ya quisiera aprender inglés pronto, hasta hablarlo bien. Además de español, domino con bastante fluidez, francés, entiendo bastante italiano, el que me ha enseñado Fanny, ¿es cierto nena? Es bueno aprender otros idiomas, porque más puertas se abren.

Era el día 24 de junio, se celebraba en la capital de Puerto Rico, el magno evento de "La Fiesta de San Juan". Había gran expectación, y excitación por el "desmadre" que parecía ser en grande, el cual se extendería hasta el alba del siguiente día. No era aún las 5:00 pm, y ya la Plaza y la playa que quedaba a pasos de la Plaza estaban llenas de gente de todas las edades, quienes venían de todos los barrios de la capital y pueblos limítrofes, todos eufóricos a celebrar. Inmensa cantidad de jóvenes y no pocos adultos llegaban

enfiestados a darse un chapuzón de espalda en la playa, por aquello de la tradición pueblerina de la "buena suerte" en el amor. Adolescentes sin la protección de mayores de edad, gente de mediana edad, llegaban vestidos en trajes de playa, bailaban como enloquecidos al compás de la música de una moderna orquesta,

Cap. 1

con sus altavoces sobre amplificados, lo que exacerbaba las neuronas de jóvenes y mayores que, junto a la ingesta de alcohol, mezclado con otros estupefacientes, entumecen el cerebro, y crean un éxtasis muy perjudicial a la salud. Agentes de la ley y el orden, montados sobre enormes caballos, y patrullas motorizadas, patrullaban de un lado al otro el perímetro de la Plaza y calles aledañas, vigilando como con ojos de moscas en 360 grados alrededor. No obstante, los evasores de la ley encontraban siempre la forma para introducir la mercancía ilegal y revenderla sin mucho impedimento.

Mozalbetes, menores de edad, unos a escondidas, y otros a la vista de todos, fumaban cigarrillos, e inhalaban esas sustancias prohibidas por la ley.

Aun, a todas las restricciones de bebidas alcohólicas, impuestas por la ley, se veían jóvenes e incluso mayores que pululaban embriagándose a las simples miradas de todos. De todas partes surgían jóvenes corriendo a tropel, huyendo de la policía cuando eran avistados delinquiendo, formándose gran corre y corre y confusión. La juventud, enardecida por el licor y el humo de los

Cap. 1

tabacos prohibidos por la ley, y el sonido estridente de la orquesta, bailaban y gritaban como energúmenos, brincando y haciendo ridículas contorsiones con sus cuerpos al son de la contagiosa música. Mario, simulando que podía, muy adolorido de sus pies y complaciendo a Fanny, bailaba con ella batiendo sus manos, en el medio de la Plaza. Mientras tanto, ese hombre de nombre Hipólito, apodado bejuco, otros decían que también le llamaban Jacinto, residente de un barrio de San Juan, quien bailaba con una dama de muy mal aspecto, se acercaba constantemente a Fanny y la rosaba con su cuerpo, creando incomodidad en ella y su novio.

-"Señor, respete, tenga mucho cuidado cuando se acerque a mí, no le he dado confianza. Aléjese de mi o le llamo la policía para que lo saque de aquí a patadas. La Plaza es bastante amplia. Además, tengo mi novio a mi lado, no creo que me hace falta otro, y mucho menos uno de tan mala apariencia física y de decrepita moral como usted.

¿Como hiciste para escaparte de la selva?"

-"Huy, pero que violenta la rubita. Así me gustan las mujeres. Me dices, apestoso y feo y qué sé yo qué otras cosas más, está bien, ya estoy acostumbrado a que me llamen feo y apestoso, no me importa una ofensa más, y por ti, iré hasta el fin del mundo. Tú te bajarás de tu nube.

Cap. 1.

Pero, está bien mamita linda, no te seguiré molestando chula, te esperare bajando. Pronto serás para mí, y eso nadie lo evitará."

-"Fanny, debemos de irnos al hotel, no creo que este lugar sea seguro para nosotros, allí, nos vamos al balcón, fuera de este bullicio y de un peligro inminente, miramos al mar en la oscuridad de la noche; dicen que se ven barcos piratas fantasmas en la lejanía, tarde en la noche, algo muy enigmático e interesante, ¿no crees? La noche será muy oscura. Está muy nublado y corre a veces una brisa rápida y sospechosa, dejándose oír esporádicamente algún leve trueno, Fanny, creo habrá lluvia pronto. Además, ese hombre decrépito flaco y feo que te persigue, es una escoria social; nos podría causar problemas, evitémoslo yéndonos de aquí. Los indeseables y dolorosos problemas se pueden evitar a tiempo. "

Mario, olvídate de esas tonteras, de romanticismos y cosas enigmáticas, Eso de estar mirando a lontananza en la oscuridad de la noche desde el balcón de un enorme edificio, buscando barcos fantasmas, no tiene sentido para mí, además, huy, me da miedo. ¿Qué te pasa Mario? No se nota tan nublado, quizás solo habrá un poco de ausencia de la luz de las estrellas. ¡Que romántico! "

Cap. 1,

Fanny, allí no nos mojaremos, aquí hasta podemos enfermarnos con una pulmonía. Ese hombre tiene aspecto de ser un maleante, impúdico, luce árido de buenos modales, me parece de cultura "buitre." Es muy riesgoso meterse con esa cosa. "

- "Mario, eres hombre y tienes mucho miedo. Olvida el disturbio atmosférico, no lo habrá, la noche no ha comenzado, y el clima es cálido, invita a la diversión, y la fiesta es extraordinaria. Esa música me vuelve loca, no me da deseo de parar. ¿Cómo es que esos músicos de aquí tocan una música tan alegre? Tengo un jolgorio metido en mi cabeza, con tan pegajosa música. Quiero bailar y bailar hasta que me caiga de fondillo. Suéltate y disfruta, no hay que pagar nada aquí para divertirnos. Al amanecer nos retiramos al hotel, para atisbar los barcos fantasmas de día, así no sentiré miedo. Te noto muy preocupado, mi amor olvida el suceso con el inmundo idiota ese. Te juro que, si se me acerca otra vez, encontrará la cachetada que se le perdió al diablo. Ese imbécil no me hará perder la noche. Tú me conoces Mario, olvida lo acontecido con esa basura y divirtámonos, ya dentro de un mes volveremos a España, para regresar en tres meses, y gestionar residencia aquí. Luego que nos establezcamos yo me traigo a mi hija, y tú puedes hacer lo mismo con tu hijo, y estaremos en compañía de la familia, ¡que placer!

Cap. 2,

Con una fiesta como esta, y con esta pegajosa música, no es lógico irnos a perder el tiempo durmiendo; momentos como estos no se dan en España, Italia, ni ningún país de Europa; divierte tu esqueleto. Mario, tú eres joven aún, demuéstramelo. Oye, solamente soy algunos años más joven que tú, olvida los dolores, "diga el débil fuerte soy". Tú mismo has citado esa declaración muchas veces."

"Chiquita, no te has olvidado de algo sabio y divino que aprendiste años atrás. Veo que tienes buena retención mental. No te metas con esa lacra social si regresara. Yo luego te demostraré que soy un experto en baile tropical, claro, después de tomar un corto descanso. Te reitero mi consejo, no atiendas a ese individuo, ni a ninguno otro. Voy a sentarme en este banco. Si quieres puedes sentarte y acompañarme, si no quieres, baila con quien te invite, pero no con cualquiera. Yo regresaré a bailar dentro de algunos minutos. Si me quieres decir algo, yo estaré sentado aquí, en este mismo banco. Necesito, un alivio en mis pies me entretendré con el móvil, llamaré a mi madre a España. Allá pronto será media noche, no perderá mucho sueño, además, ella se acuesta tarde, seré breve. "

Cap. 2

-"Niño, descansa un poco, dile a mamita que la quiero mucho.

Pero, ten mucho cuidado con las "lobitas," esas damitas coquetas elegantes, que por aquí veo muchas de ellas pasando constantemente. "

-"No tengas cuidado princesa, tú eres mi única muñeca linda, no te cambio por ninguna otra. Quiero que me acompañes a descansar un poco, pero, veo que no es tu deseo. No pienses que estoy invalido, es cuestión de tomar un poco de descanso, bueno, sé que tendré que ir a un médico. Necesito medicarme para curarme de este fastidioso problema.

Fanny, sentada a su lado, se sentía aburrida y frustrada con su compañero, en una fiesta de esa categoría. Esperaba a que algún galán se le acercara y le solicitara bailar con ella la próxima pieza musical, asunto que no sería nada difícil, era mujer con todos los atributos físicos que cualquier hombre apuesto, de mundo, amante del baile necesitaba, y Mario, de momento, no era ese hombre, pues estaba desesperado debido al dolor por los problemas en las plantas de sus pies y los espolones en sus talones, lo que le era un puro fastidio. Era obvio que, necesitaba un descanso para recobrar energías y calmar un poco el dolor, pero, lo que más necesitaba era acudir a un podólogo, y también a un médico generalista, que lo examinara y lo medicara a la brevedad posible, para mejorar su neuropatía, y otros problemas de salud que padecía, y eso de bailes, tal vez ni pensarlo por ahora, y quien sabe si nunca más

Cap. 2,

Es que, además, era Mario hombre de formales principios morales, y no estaba inclinado a los deleites festivos de esa clase. Lo que estaba haciendo era por complacer a Fanny, quien era demasiado inclinada a las fiestas y los bailes, y estaba buscando de encontrar la forma de cómo ayudarla a corregirse, y asi lograr que retornara a las costumbres y practica que aprendió de, sus padres, no quería casarse con una mujer libertina, quería una esposa formal.

Era la hora de las 4:00 pn, y la Plaza estaba abarrotada de gente. Muchos prefieren la noche para divertirse, por distintas razones. Unos porque no quieren que la policía se entere del material prohibido que tienen, y de noche pueden esconder su prohibida mercancía, otros, porque es cuando retornan de sus trabajos y quieren aprovechar la noche para divertirse, cuando es "viernes social", como es la costumbre del gentilicio.

Otra orquesta de salsa, de música suave y romántica había entrado a la tarima, y comenzaba a afinar sus instrumentos musicales, y a ensayar las piezas musicales a ser interpretadas en esa noche. La gente había aprovechado para tomar un descanso, socializar, comprar golosinas, y visitar los excusados.

-"Bueno Mario, y Fanny, nos encontramos de nuevo. Ya me he despedido dos veces y esta es la tercera. Quiero regresar a mi condominio y cada vez que trato, algo me detiene. Creo que ustedes necesitan nuestra ayuda. Les hemos suplicado para que nos acompañen a nuestra casa, pero ustedes quieren quedarse un poco más. "

Cap. 2,

-"Juan y Myriam, por mi parte yo los acompañaría, a su casa, pero, Fanny quiere disfrutar la fiesta. Por más que le he rogado para que, por lo menos nos regresemos al hotel, ella insiste en que eso es perder el tiempo. Ya me cansé de rogarle, ella se niega a escucharme, yo que voy hacer, Dios nos cuide. Hemos recibido concejos de unos y otros para que nos retiremos antes de llegar la media noche. Yo me siento preocupado, pero no Fanny".

'Myriam y yo nos regresamos al condominio, queden ustedes con Dios. Decididamente, ahora si, nos regresamos, rogaré a Dios por ustedes, es lo más que puedo hacer. Fanny, como hombre de muchas experiencias te exhorto a que oigas a Mario. De nuevo, deben ustedes regresar al hotel, llegada la noche la seguridad en estas fiestas terminan en tragedias muy dolorosas. Hace muchos años que estoy viviendo aquí en San Juan, y les puedo contar las muchas desgracias que han acontecido en esta misma fiesta. Esta actividad festiva dedicada a un ejemplar bíblico, es más bien una aberración de lo santo por lo profano. "

-"Es así Juan, pero, los pueblos tienen sus diferentes costumbres y tradiciones, fiestas populares donde el decadentismo inmoral siempre hace presencia, es algo inevitable. Sería menos aberración si no utilizaran el nombre de un personaje de una gran trascendencia histórica-espiritual, hombre de un excelente decoro divino- moral, para homenajearlo con una fiesta que nada tiene ver con su santidad. "

Cap. 2,

-"Francisco, antes de regresarte a tu casa, déjame decirte que, entre otras cosas, hemos aprendido a cocinar habichuelas y a comer pasteles, guineos y "guanimes". Me encanta esa comida, pero he acumulado algunas libras por las calorías, y eso no está bien para mí. No creo que estos alborotados se retiren a sus casas antes de las 2:00 am.

-Juan, ¿quién de estos pachangueros prefiere irse a dormir con este jolgorio? Yo tengo que estar temprano en el canal T.V. pues tengo que sustituir a un desgraciado, e inmoral actor, ya me las pagará y yo sí, que tengo que irme a dormir, me espera mucho trabajo temprano en la mañana, tengo que estar trabajando en el noticiero. Muy apropiado seria que, mañana el sr. Mario y su novia me visiten en el canal de TV a las 9:30 am. Los presentaré ante el Director de Programación, y estoy seguro que les dará una oportunidad de trabajo con nosotros. El salario es muy bueno, y los beneficios marginales, excelentes. Hora me retiro a casa, tengo que descansar".

-Espera Francisco, debo hacerte una presentación formal de dos amigos que recién hemos conocido. Se trata de dos profesionales muy bien preparados. Luego Myriam y yo nos retiraremos también. Estos altavoces me tienen la cabeza loca con tanto ruido.

Quiero que conozcas a esta joven y bella mujer y a su novio, dos españoles recién llegados de nuestra madre patria.

Cap. 2,

Bueno, ya nos iremos retirando a descansar un poco a nuestro condominio en El Condado, mientras tú y ellos se van conociendo. No olvides, necesitan un trabajo, eres mi amigo de confianza y un empleado muy bien reconocido, y en el canal de T.V, respetado actor de novelas, presentador de espectáculos, presentador de noticias, hombre polifacético en el campo del arte. Reitero tu agradecimiento por todo lo que harás con estos mis buenos hermanos y amigos.

-Mario, Fanny, les exhorto se retiren a sus casas, allí estarán seguros. Fanny, cuídate mucho, veo lágrimas en tus ojos.

-No, no estoy llorando de sufrimiento, sino, de aburrimiento y rabia. Necesito divertirme y no puedo. Mario está muy adolorido de sus pies. Está constantemente quejándose de que este sitio es antipático para él, etcétera, etcétera; que no debe de estar aquí, por esto y por aquello, y que se yo...que se yo. Creo está enloqueciendo y me está volviendo loca a mí también.

Fanny, presiento que tendrás serios problemas en esta noche. Mejor regresen a su hospedaje en el hotel, pero, los invito a que se muden a vivir con nosotros en El Condado.

El departamento tiene tres dormitorios y dos cuartos

Cap. 2,

sanitarios y es mi propiedad. Mario y Fanny, tenemos cita para mañana en mi condominio. Tú tienes mucha razón, Esta fiesta no es apropiada para ustedes. Mario, cuida a Fanny. Ese individuo de mal aspecto no es grato, es plaga mala, muy peligroso, hombre envuelto en el trasiego de drogas.

- Mario, rogaré a Dios para que todo les salga bien. Ahora los dejo, queden con Dios. Mario y Fanny recordad, tenemos cita para mañana en mi casa. Fanny, Fanny, me retiro muy preocupado, Mario, cuida a Fanny, necesita de ti, no te alejes de ella.

-Viva la fiesta! Ahora lo que quiero es divertirme, bailar salsa, mucha salsa; soy una mujer bastante joven, por ahora quiero gozar y gozar mucho, mucho, mucho y mucho hasta caerme fondillo Fuera los temas que me quitan mi deseo de divertirme.

Mario, sentía mucho dolor en sus pies, estaban en una fiesta bien sonada, y allí se iba a bailar, pero no para Mario. Estaba el hombre muy preocupado, porque, de no bailar con su novia, otro lo haría, y ese galán candidato recién había llegado, la tentaba y paciente la esperaba. Fanny ya lo dijo, "quería divertirse" y parece que tendría diversión de sobra.

Ella se sentía sola, triste, no sabía qué hacer. Era un serio asunto que le molestaba a Mario. Fanny quería divertirse, y ahora su novio se sentía

Cap. 2,

como hombre de 100 años; estaba hecho un etcétera. El duro piso de la Plaza y sus incómodos zapatos, le tenían los talones desquiciados por el continuo movimiento del cuerpo, el sofocante calor y la pegajosa humedad le hacían la vida insoportable; y ahora,

parecía como si lo afectara una crasa neuropatía. No estaba acostumbrado al calor del trópico, ni a sus dinámicos bailes. Mario no era hombre de andar en fiestas de carácter libertino, todo esto lo hacía por complacer a su novia a quien amaba locamente. Él Esperaba conducirla por un camino distinto, fuera de las fiestas de esa categoría, y hacia esa trayectoria quería llevarla, aunque le costara un sacrificio por salvarla, pero, tendría que hacerlo poco a poco, no quería ponerle presión, pues pensaba que, si la forzaba ella se resistiría, pues era persona que le gustaba mucho la diversión donde hubiera mucho baile, y allí, en la Plaza había por cantidad.

Ahora había conocido a un apuesto joven más o menos de su edad, era el prototipo de hombre que ella necesitaba para divertirse a lo máximo.

Aparentemente este le igualaba en su edad, no sabía si era soltero, casado, o con un hogar e hijos. ¿Qué hacer si ese hombre la enamoraba, y ella perdía la cabeza?

Recordar que, mañana irán al estudio de tv, los presentaré al director de programaciones, es mi amigo, y si tiene algo disponible, pues, problema resuelto, Pero, como sea, me

Cap. 3

comprometo ayudarlos. Antes que nada, permítanme estrechar mi mano al señor Mario, y a su elegante novia, y felicitarlo por tan hermosa mujer."

Tenemos urgencia de conseguir empleo ¿verdad mi amor? Creo que hemos conocido a la persona que necesitábamos conocer, al Sr. Francisco." Gracias debemos darle al señor Juan y su prometida, la señorita Myriam nuestras más expresivas gracias por este contacto."

-"Mario, Fanny, no me tienen que agradecer nada. He hecho lo que debo hacer, ayudar a mis hermanos, pero, la ayuda más valiosa en este momento será la que haga mi amigo Francisco por ustedes. Ahora me retiro, ahí los dejo en buena compañía, con el Sr. Francisco. Mañana los espero en nuestro departamento. Tenemos excelentes comodidades para compartirlas con ustedes. Nos sentaremos en el balcón a contemplar la inmensa amplitud del Océano Atlántico, inmenso y enigmático cuerpo de agua, al que le tengo mucho respeto.

-"Muy interesante, yo también tengo mucho respeto al mar. Les agradecemos Juan, y Myriam vuestras atenciones. Creo que algo tenemos en común eso nos atrae. Luego mañana hablaremos más,

Cap. 3,

ustedes son nuestra única amistad en este lugar. Allí estaremos en la mañana Juan, si Dios permite, y cuídense ustedes también al regreso. Según testimonios de muchos, es riesgoso divertirse en un fiestón como este, donde puede haber tantos desórdenes y muchas veces hasta muertes, dicen. Admiten testigos que, aquí, año tras año suceden tragedias, en esta misma fiesta, siempre pasado la media noche. Yo creo que, en nuestro hospedaje estamos más seguros.

"Por desgracia Juan, en España suceden también tragedias en fiestas similares. Podría asegurar que, es igual en todos los países donde existe libertad civil y política. Pero bueno, así son las tradiciones mundanales de los pueblos libres, donde la libertad se confunde con el libertinaje. ¿Como reza el dicho de la verdad, donde la "magnesia se confunde con la gimnasia", y no se hace diferencia entre el trigo y "la cizaña?" Urge tomar esmeradas precauciones, los indeseables abundan en todo sitio, pero más durante la noche, que es como dicen los árabes, "cuando salen las malas influencias", transformadas en hombres y mujeres elegantes, buscando las victimas vulnerables, con descuidos en sus principios

Cap. 3,

morales, o personales. También, personajes parecidos a individuos correctos, que se allegan a los descuidados y se apoderan de lo que han dejado al descuido.

Si no queremos ser víctimas de esa carroña social, en casita mejor estar. Todos esos agentes del mal están por ahí constantemente, la cuestión es descuidarnos una fracción de tiempo y lo pagaríamos caro, por tanto, no debemos descuidarnos. Debemos andar como las moscas, mirando en 360 grados, alrededor de nosotros siempre.

Francisco era un joven de 35 años de edad, de cuerpo atlético, un gran extrovertido, astuto personaje, de agradable personalidad, jovial, de aparente buenos modales, actor de televisión y teatro. A primera vista impresionó a Fanny, éste solicitó a Mario le permitiera 25 minutos para bailar con Fanny. Su solicitud le fue concedida, pero con una condición: solo por 25 minutos, y no más. Mario no lo confiaba, era lógico que los celos lo afligían, no obstante, su condición de salud le impele tomar un buen descanso.

-"Fanny, se que me entenderás, eres mujer sabia. Regresaré en ese termino de tiempo, espero no haya problemas con esto.

Estaré en aquel otro banco, el que se ve desde aquí. ¿ Me explico?

Cap, 3,

Necesito tomar un analgésico para el dolor y un poco de descanso me hará bien, para que la medicina haga su trabajo rápido. Aprovechare para hablar con Juan y Myriam sobre algo interesante antes de que se retiren, tengo muchas preguntas que hacerles."

-"Está bien mi amor, gracias por concederme bailar con el caballero Francisco, pero, te noto celoso, no pasara nada, yo te amo, y tu lo sabes. Recuerda que nos casaremos pronto.

Pero, me preocupan esas muchachitas coquetas vistiendo al estilo de las bailarinas de Broadway, Nueva York. No las mires, voltea la cabeza hacia otro lado, puede ser peligrosa tentación, eres hombre elegante, eres una fácil presa, cuídate mi amor."

- "Fanny, por favor, tú sabes que, después de ti no existe ninguna otra que pueda subvertir nuestra relación y mucho menos, suplantarte, además, ya no es mi costumbre hacer tales cosas. En el pasado fui víctima de tentaciones similares tú lo sabes, pero, todo eso quedó olvidado, y pude liberarme, mediante ayuda divina y reponerme a todas esas pasiones. Ahora tengo la experiencia, soy hombre distinto, el yerro se fue con el tiempo pasado, ahora todo es nuevo y firme, tú me conoces muy bien Fanny."

Cap. 3,

"Entiendo, Mario, mi amor, tranquilo, confiaré en ti siempre, puedes irte a reponer tus fuerzas. En cualquier necesidad que surgiera espero en Dios, que nada suceda, pasaré por el asiento que me indicas, que es el mismo que puedo ver desde aquí. Tienes que reponer tus energías, y si necesitas una hora o más, o, el tiempo que necesites, lo puedes tomar, no hay absolutamente ninguna prisa, este piso es muy duro para ti, tienes unos pies muy delicados, ¡pobrecito, no quiero verte enfermo! Te quiero mucho. Dame un besito de cariño. Reitero, mucho cuidado con las lobitas, que se ven muchas por aquí, y son bien atractivas. Cuídate de las que parecen ovejitas tiernas, pero tienen garras y colmillos de tigresas."

- "Señor Mario, puede usted retirarse confiado a descansar, su amiga queda bajo mi "protectoras manos". Le aseguro que estará cuidada a lo máximo, de esto, le doy mi palabra de hombre, pongo al cielo y la tierra como testigos. ¡Hay de aquel que se atreva a tocarla! Cuando usted le plazca puede venir por ella, aquí estará completita. Pero, sí de momento, mirando desde su asiento no nos ve, es que. estaremos bailando y nos hemos movido un poco

Cap. 3,

alrededor de la Plaza al compás de esta música que le quita el sueño a cualquiera. Yo creo que, usted podría necesitar más de dos horas para reponerse. Le aconsejo vea usted a un médico. Conozco muchos buenos médicos amigos míos aquí en el Área Metropolitana. Óigame amigo mío, su novia me ha confesado un secreto, pero, no me haga preguntas sobre lo que ella me ha confesado, soy persona muy fiel, y respeto las cosas confidenciales."

- "Bueno cuénteme, le juro que guardaré el secreto como a las niñas de mis ojos."

"-Veo que a usted le interesa saber, entonces le digo: Ella me ha confesado que, es usted un gran experto en bailes caribeños, con especialidad en salsa." Oiga, y según su confesión, obtuvo usted el primer premio en un festival de bailes caribeños en Toledo, hace más o menos un año a esta parte. Pero, ella me pidió que no lo dijera a nadie. Ah, y también me dijo que, el premio consistió en un viaje a Puerto Rico, o, a cualquier sitio del Caribe, para dos personas, pero, que usted decidió por Puerto Rico. Dígame si no fue cierto.

Cap. 3,

"Sin comentarios Sr. Francisco, nada de qué hablar. "

Mario le fijó una mirada especulativa, él no pudiendo resistir su mirada, cambió su vista y el magnate de las féminas, tomó a Broggy por las manos, ella, muy feliz lo siguió como ovejita, se pusieron en posición de pareja y comenzaron a disfrutar del baile que, era lo que ella anhelaba.

Mario, como hombre educado entendía que el asunto de Francisco era más bien una estupidez, y no le dio atención. Solo que, parece que el individuo estaba buscando establecer alguna amistad con Mario, y no tenía tema de que hablar. No era Mario hombre que gustaba mucho de fiestas, ni nunca había participado en un concurso de baile en Toledo, ni en ninguna otra provincia, o pueblo de España.

Eran las 9:00 pm, ya habían desfilado por la tarima tres orquestas: dos de salsa, y una de música cubana popular, especializada en todos los géneros latinos, que era la que estaba ejecutando en ese momento.

La gente bailaba, unos embriagados con alcohol, otros con toda clase de estupefacientes. La promiscuidad, y la mundanalidad eran el orden de la noche. Mucha de la vigilancia policíaca se había reducido por orden de la

Cap. 3,

autoridad superior, y la seguridad no pintaba muy buena. Los maleantes pululaban a sus anchas. Fanny se divertía a sus antojos con Francisco. Mario se notaba frustrado por el comportamiento de Fanny, pues notaba que a Fanny le gustaba bailar con Francisco demasiado asida a su cuerpo, con especialidad la música romántica. Mario la miraba desde su asiento y se desesperaba, ya comenzaba a reflejar más desconfianza en el individuo del cual sospechó desde que lo saludó por primera vez. La preocupación lo deprimía a cada segundo, y ni quería mirar hacia la escena del rapaz raptor del amor de su novia, italiana de nacimiento, y española por ciudadanía. La preocupación lo agobiaba, pues estaba muy turbado, y emocionalmente destruido.

"-Mirar a Fanny en esa descarada escena con ese inmoral, parte mi alma", decía para sí en su desespero. Estábamos tan alegres en la congregación, de la que éramos parte en España, y ahora ni puedo creer lo que veo. Esto tendrá que tomar un giro distinto, decía en su interior. " La gente que pasaba por su lado, aquellos que la habían visto junto a él, le hacían burlas.

-Esto ya se está saliendo de control", decía y repetía. Enfrentarse con ese individuo en una discusión sería una demostración de debilidad de carácter, mejor será olvidarme de todo esto.

Cap. 3,

El licor, con especialidad el vino, le crea reacciones locas. En una de las vueltas, cuando Mario volteó su cara para fijarlos en unos delincuentes que corrían siendo perseguidos por la policía, Francisco aprovechó descuido Mario, y el galán le puso a Fanny un cigarro prohibido en su boca, para lograr embobarla, ponerla en sus manos y hacer de ella a sus antojos.

Pero, como por desgracia, Mario logró, observar la nefasta operación, y sintió como si su corazón se le saliera, se sentía atrapado como por un monstruo que lo aplastaba. No sabía qué hacer sin crear un macro escándalo. El era hombre de refinada cultura moral, no un buscabullas. Se desesperaba, pues todo ocurría tan rápido, que no le permitía poner su intelecto en orden para tomar una rápida decisión que no lo condujera a ponerlo en ridículo, aunque pensaba en muchas alternativas, pero, ninguna que el creyera correcta. Deseaba que la fiesta terminara pronto para retirarse con su mujer al hospedaje, y no hacerle preguntas, solo fingir que no había visto nada. Amaba mucho a Fanny y temía perderla. La Plaza estaba tan repleta al punto de los bailadores chocarse unos con los otros, creando riñas esporádicas. Mario sentía su honor de hombre lesionado, casi destruido.

Cap. 4,

A veces pensaba enfrentarse a su enemigo, y que pasara lo que fuera, pero, también temía que saliera perdiendo, y su honor quedará más pisoteado, lo que sería muy embarazoso para él, y muy humillante al frente de su novia, y la clase de gente que lo estaría observando.

Además, era él de un poco menor estatura y de menos peso que Francisco, y también un par de años mayor. Podía inclusive existir la posibilidad que hasta saliera muy mal estropeado en un encuentro físico, temía que fuera a parar, a la cárcel, o al hospital, no sin desestimar la muerte o, que fuera deportado. Tenía preocupación por el mal comportamiento de Fanny, y para colmo de males, terror por la pandemia del Covic-19 que estaba aniquilando gente por todo el mundo, y que Fanny y él fueran contagiados, o murieran debido a ese virus, aunque ya se habían inoculado hacia un mes con la vacuna que el gobierno estaba proveyendo, todavía no había seguridad científica de inmunidad a la mutación que se esperaba surgiera pronto.

-"Prefiero mantener la calma y sufrir. La culpa es mía", decía, en un soliloquio. Hemos abandonado nuestros principios morales, y este es el resultado".

Esto tiene que suspenderlo, si quiere corregir su adicción al alcohol a todos estos actos impropios, y de reincidir, no habrá boda, decía dentro de sí. Su errático comportamiento es abominable.

Cap. 4

Yo sé que ella ama los sus principios de moral que sus padres le ensenaron desde su niñez.

Todo ha sido producto del vino que ha ingerido, y quien sabe que otra porquería le habrá dado ese frustrado actor. Espero esta vez aprenda la lección, antes de que se le haga tarde.

No había dudas de que, Mario tenía un problema de fuego muy complicado con su futura cónyuge, el cual tendría que resolver, a la brevedad posible, antes de un matrimonio. A juzgar por lo que veía, una boda le parecía un riesgo por ahora, a no ser que Fanny se sometiera a terapias de alcohólicos anónimos, rápidas y agresivas; necesitaba comenzar un programa de rehabilitación de inmediato. Fanny tiende a comportarse como mujer liberal, mientras participa en una fiesta donde hay baile y bebidas alcohólicas, es ahí donde comienza su debilidad de carácter. Es vulnerable a los efectos nocivos de alcohol. Es una mujer súper bella, foco de la atención de los hombres elegantes. Es académicamente bien preparada, de inteligencia superlativa, pero débil a las pasiones de la carne que la tientan a las fiestas, máxime donde hay hombres elegantes. Es entonces ahí cuando comienza a abandonar sus buenos principios, y toma un giro a la izquierda. No obstante, en sobriedad, es una mujer correcta, muy formal.

Cap. 4,

Fue esto parte de la causal de divorcio de su previo matrimonio. Ella me ha prometido cambiar de actitud, que tal vez lo haría, si cooperara, pero, no ha puesto el empeño necesario.

Mario, había salido corriendo como un loco en busca de ayuda.

Buscaba con desesperación a su novia Fanny, y ahora a Juan y Myriam, necesitaba ayuda, se sentía solo, y no conocía a casi nadie.

Fanny y Francisco se habían cambiado del sitio desde donde él la podía observar. Tan desesperado estaba que, se sentía "perdiendo ya su control.

Mario trató de localizar a Fanny con su vista, pero por mas que trataba, no la veía en el lugar donde la había dejado de ver la primera vez. Como un loco corría dando empujones, y recibiendo otros más severos. La desesperación lo estaba consumiendo. No parecía que su paciencia duraría por más tiempo y el dolor de sus pies le impedía avanzar. Corría mirando de lado y lado, tratando de localizar a Fanny entre aquella maraña de gente borracha, unos vomitando, otros tirados al pavimento. En sus erróneas imaginaciones, todas las mujeres que a la distancia veía se le parecían a Fanny.

Cap. 4,

"¿También se habrán regresado a su casa Juan y Myriam, y Fanny con ellos? No, no puede ser, ellos no harían tal cosa. Para peor situación no sé dónde viven ellos, nunca he estado en su casa.

Alguien me tiene que ayudar para darle solución a este problema, aunque sea por esta noche, de lo demás me ocupo yo. Padre, excúsame, ayúdame. Debimos habernos quedado en España. Fanny necesita ayuda psicológica, y no conozco a ningún médico en Puerto Rico, No soy de aquí, recién he llegado. Mi única ayuda, serían mis recién conocidos amigos Juan y Myrian, quienes también son abogados como nosotros, pero parece que se han regresado a su casa, no se llega a su casa, y no conozco a nadie en este lugar. "Dios mío, esta Fanny me trae loco. Este calor húmedo es desesperante". No debí haber dejado a Fanny con ese malandrín del que sospeché desde un principio. Desde que lo conocí me pareció un engañador, un aprovechado, un truhan.

¡-"Hay Dios mío! ¿Dónde se habrá metido esta mujer, si estará con él, o estará sola y perdida entre tanta gente? Si aún está con él, ¿dónde estarán? ¿Qué estará haciendo este incircunciso con mi novia, maldito, desgraciado, e inmoral actor? Ya me las pagará.

Cap. 4,

Cabizbajo y pensativo se separó un poco del bullicio, y, se sentó en otro de los asientos laterales de la plaza, casi muriendo de dolor debido a sus enfermos pies, y por la desesperación que sentía por la desaparición de su novia con el caballero con el cual le había permitido bailar, con el acuerdo de regresar por ella al final de cumplido el tiempo. Se sentía muy frustrado, extenuado, apenas podía estar en sus pies, por el dolor que sentía, en sus talones, la planta de sus pies, y mucho más, por la desaparición de su novia.

–Tengo miedo Dios mío que le haya sucedido lo peor. Es un ser muy vulnerable, por ser mujer de atractiva belleza física.

Me aterra de perderla para siempre, sería mi destrucción total. Fanny es una mujer llena de energías, alegre y jacarandosa. No obstante, yo soy todo lo contrario, soy insulso, de muy poco humor festivo, amante de la poesía, dicen que soy un buen escritor inclinado al estudio teológico, eso me agrada. Tengo buena

Cap. 4,

preparación académicamente de una de las mejores universidades de leyes de España, solamente me faltan algunos cursos que requiere la Universidad de aquí, para obtener mi licenciatura de leyes aquí en territorio norte-americano, soy ingeniero tecnológico, tengo una maestría en software en ciencia de computadoras, soy periodista, solo necesito tomar algunos cursos para obtener mi derecho a tomar el examen para mi revalida de leyes, y tener mi licencia de abogado en los Estados Unidos, igualmente Fanny, y a eso hemos venido.

Para esto y otras cosas también estamos aquí, en esta bellísima isla, Puerto Rico, como aquí le llaman: "Isla del Encanto. "

Aunque he estado dando algunos pasos errados, todo ha sido por complacer a Fanny en sus actividades sociales, las cuales incluyen una fiesta aquí y otra allá. Este yerro de Fanny, Dios no le permita, le podría acarrear problemas muy serios. Pienso que, si en realidad ella siente algún remordimiento por lo que ha estado haciendo, si siente de veras pesar por haber sido infiel a las enseñanzas de fe y moral recibidas de sus padres. Según confesión propia su novio, Mario, él está muy sentido por haber sido débil

Cap. 4,

en complacer a Fanny en todas sus peticiones, porque la ama. Ella, inclusive había comenzado a rehabilitarse de su adicción al alcohol, con altas y bajas. Esas reincidencias no la ayudaban a avanzar. Es Mario un poco mayor de edad que Fanny. El tiene 42 años, ella, 35, y ahora con un nuevo proyecto con Fanny, que él sabe que será una lucha cuesta arriba, pero se siente muy positivo de ganar el reto de lograr la rehabilitación de Fanny.

Mario tendría que trabajar como una persona que trabaja con una mano atada a la cintura. Fanny es una mujer de deslumbrante belleza física, relativamente joven aún. Es de esos seres luchadores que nacen para triunfar. Es abogada, periodista, bailarina de ballet, graduada en el arte de defensa personal, con cinta negra, además de otras artes histriónicas, una mujer muy activa y sociable, y extrovertida, debió haber sido política, y ganaría cada reelección.

Mario, quien es también periodista, es, además, escritor de novelas de ficción, esplendido orador, e ingeniero en tecnología de ″software″ profesión muy solicitada y remunerada.

Pero, el hombre está atado, locamente enamorado de una mujer con muchas aspiraciones, y retos inherentes e inevitables.

Cap. 4

Está separada de su última pareja, desde hace tres años, y Mario, está decidido a soportar sus "locuras" de esa faceta de su vida, con todas las inconveniencias que pudieran surgir.

Ella, se había juntado a vivir en consentimiento mutuo con un italiano, del cual tuvo hija, que es su retrato viviente. También le dejó amargos recuerdos por las sospechas infundadas de infidelidad que siempre tuvo de ella, y los abusos físicos, por sus celos y acusaciones sin sentido que siempre le llenaban su cerebro de incoherencias y absurda basura, mas, no obstante, ella siempre le fue fiel. Nadie la había visto, ni sorprendido en adulterios, ni andando con hombres. Siempre ha sido una mujer muy ocupada en su profesión, y educación.

Fanny no podía ingerir más de dos copas de vino y un trago de cualquier tipo de alcohol, y si se mantiene en un programa de rehabilitación por lo menos un año, llegará a comportarse como una mujer normal, había pronosticado un médico de España. Mario es soltero, de elegante varonil apariencia, y siete años mayor que Fanny, luce juvenil, y es de una fina capacidad analítica, necesitaba dar con Fanny a la brevedad posible, y eso era determinante, o en su defecto sufriría un colapso físico, debido a su alta presión arterial a su desespero y cansancio. Su respiración

Cap. 4,

podría ser profusa, pues se veía que levantaba la cabeza como buscando aire. Dentro del bullicio de tanta gente, se detuvo por un instante y levantó sus manos y parce estaba haciendo alguna rápida plegaria, pues era un ser de algunos principios religiosos, era judío de nacimiento, criado dentro de esos complicados parámetros de su religión y tradiciones.

Fue breve en su acto, miró a su alrededor y vio que muchos lo miraban, y se burlaban, parece que lo creían loco, y lo trataban con injurias y palabras soeces. Muy lloroso, se secó sus lágrimas con su pañuelo, y cojeando siguió su camino, mientras la gente se burlaba de él con palabras groseras, pero el no prestaba atención, nunca respondió a las injurias, era hombre culto en toda la extensión de la palabra. No obstante, prosiguió su camino, Plaza arriba, y Plaza abajo, sin mirar, ni recriminar a sus burladores.

Mirando de reojo seguía en su desesperada busca de su amada, muy preocupado pensando que tal vez pudo haber sido secuestrada por el galán que había estado bailando con ella. Mientras trataba de caminar, se notaba que gesticulaba, como diciendo algo. Podría entenderse que de esta otra forma estaría pronunciando una ligera plegaria, pues mientras lo hacía miraba hacia arriba en aparente deprecación.

Cap. 5

¡Señor, Señor! Se oía la voz de algún niño, o mujer joven que gritaba como a 200 pasos detrás de él. Él se resistía a mirar, pues no tenía confianza para atender a voces de gente que no conocía. De súbito sintió que alguien se acercaba más y más detrás de él, llamándolo con insistencia:

-"Señor, Señor, ¿busca usted a su amiga"?

- ¿'Cómo sabe que tengo una amiga?

- "Porque yo lo vi con ella no hace mucho. Mi nombre es Luisa, no tenga miedo, soy una mujer decente, solo quiero ayudarlo. Yo sé dónde la puede encontrar. Ella está bailando en la parte norte de la Plaza, a no ser que se haya movido, no estará muy lejos del área. Venga conmigo, no tema, no le haré ningún daño quiero ayudarlo, soy persona religiosa. Se lo que se sufre cuando se nos pierde un ser querido. A mí ya me pasó un año atrás. Venga, venga, sigamos de este lado.

¡Ay Dios mío, tanta gente !

-Lamento lo que le sucedió señora, son situaciones desesperantes. ¿Cómo sucedió?

-Fue saliendo de la escuela, aquí mismo en San Juan. Yo vivo bastante cerca del recinto, escolar, mi niño siempre regresaba solo a casa. El tenía 10 años cuando aconteció el suceso. Fue al salir de la escuela, cuando lo invitaron otros amigos a ir con ellos hasta la

Cap. 5,

Laguna San José, allí se fueron en una lancha a pescar, pero se demoraron. Cuando llegué del trabajo no estaba en casa. Me dirigí en mi auto hasta el área escolar, di una vuelta por los alrededores del plantel escolar, pero allí no estaba tampoco. Todo destruida,

llorosa, desesperada me dirigí hacia la Comandancia de la Policía a notificar lo sucedido, y para sorpresa mía, allí lo tenía el policía encerrado en un departamento para esos fines, y me lo entregaron sano y salvo. Gracias a Dios no había sucedido algo peor. Ah, mire, allí la veo, es su amiga."

-"¡Gracias Dios mío. Usted me ha salvado la vida al conseguir a mi novia. Dios le pague por la ayuda que me ha dado; ¡es uste una buena mujer!

-"Tome, este billete de $50.00 como regalo, sé que esto es nada, que pueda pagar por su cooperación."

-"Por Dios señor, usted no tiene que pagarme, que me pague Dios, si es que lo merezco Tenga usted una buena noche. Ya me retiro, quede usted con Dios, pero, reciba un consejo de una mujer responsable de mis deberes de ciudadana, y persona de principios de fe y práctica.

Soy más o menos de su misma edad, nacida aquí. Conozco el comportamiento de la clase de individuos que concurren a estas clases de fiestas. Pasada la medianoche, aquí no es el mejor sitio para estar. No dudo que, una gran cantidad son individuos

Cap. 5,

serios y responsables, de quienes se puede confiar. No obstante, también por desgracia, aquí acude el rastrojo del pueblo de la sociedad, quienes hacen mucho ruido, pretendiendo hacer creer que son mayoría, y asi, confundir a los más ingenuos. Yo no entiendo cómo es que el gobierno y la Iglesia Romana patrocinan este desorden.

Deseo que regresen a su casa usted y su amiga en paz. No se demoren mucho tiempo aquí. Pasado la medianoche, nadie está seguro en una fiesta como esta. La vigilancia policíaca es reducida, lo que constituye un riesgo estar aquí. ¿Quién paga por los crímenes que podrían acontecer en este lugar por falta de vigilancia de la ley?

Señora, gracias por su consejo y por haberme ayudado a conseguir mi novia, que allí la veo.

Sobre esta fiesta, estamos de acuerdo. Dios la cuide señora, tiene usted alma de Dios. El deseo de ayudar al necesitado, sin importar origen de raza, nacionalidad, condición social sin esperar retribución, es lo que caracteriza al buen creyente de La Suprema Deidad, usted será bendecida por Dios, señora.

Cap. 5.

-"Fanny, Fanny, mi amor, ¡qué alegría encontrarte! Gracias Dios mío, que mis ojos te miran otra vez.! Te he estado buscando por más de una hora. ¿Por qué no te quedaste bailando donde te dije? Pensé que algo terrible te había acontecido. Gracias doy a mi Dios y a esta joven mujer que me ha ayudado a encontrarte. Te dije que regresaría en 25 minutos, y me has tenido loco corriendo por toda esta Plaza como un demente. ¿Por qué no me contesta Fanny, te noto muy rara? Te he estado llamando al móvil, y no me contestabas, vamos, camina, regresaremos al hotel. Ya se te ha acabado la fiesta. "

-"Mario, te estuve esperando por una hora, y no regresabas, también, te observé mientras hablabas con una mujer bastante elegante, la que estaba cerca de mí, y hasta le estabas acariciando su cabeza.

¿A dónde fuiste con ella? Ya se, estuviste con esa mujer, idiota, ¿crees que soy tonta? ¿Te fuiste también a bailar con las chiquitas coquetas que están por ahí buscando parejas? Por eso no quieres bailar conmigo. Pero parece que lo pasaste de las mil maravillas, porque te veo tranquilito y muy descansado. Demuéstrame que me

Cap. 5,

quieres, Mario, esta música es pegajosa, excelente, bailemos, cógeme de la cintura, demuéstrame que eres hombre culto, compláceme. Eso fue lo que me dijiste antes de retirarte a descansar, recuerda que me prometiste bailar que me ibas a demostrar que me quieres, ahora, demuéstramelo frente a este caballero.

-˝Está bien, bailemos esta pieza, pero, solamente esta, luego nos retiramos al hotel.

"-Pero, antes de retirarnos, déjame despedirme de Francisco y bailar con él la última pieza. Es un hombre muy formal, es un gran caballero, me ha respetado por todo el tiempo que lo he conocido.

-"Espero que así haya sido, pero te noto un poco huraña, algo así como indiferente, y fría. Pero trato hecho, te permito una pieza más, pero que sea la última, asi como me lo has solicitado.

Mientras tanto que la música tocaba una pieza de salsa, la gente se alborotó no quedando nadie sentado, ni mirando, pieza musical que se extendió por media hora. El único sentado era Mario, quien estaba tan extenuado que, se recostó del espaldar del banco de mármol, y con el calor, el cansancio, el ruido de la música, la gran cantidad de gente y el gran alboroto comenzó a dormitar, mientras

Cap. 5,

Francisco se aprovechó y le puso su cigarrillo mágico en la boca, a Fanny que la enloqueció, y la vulnerable mujer se entregó como su esclava, haciéndola de su propiedad.

Mario se entregaba en los brazos de Morfeo, el dios del sueño en mitología griega.

Hipólito, o "bejuco" como es también conocido. había regresado a la Plaza, venía en búsqueda de Francisco. Ambos habían estado envueltos en una trifulca, hacia algunos 45 minutos. Dando empujones a diestra y siniestra con todo el que le impedía el paso, se fue adentrando a la Plaza. Apestoso a cerdo de fangal calzando unas mugrosas chanclas, vistiendo unos mal olientes pantalones cortos, exhibiendo sus flacas y torcidas piernas hizo contacto con Fanny, y ni corto ni perezoso se le acercó.

"Hola mamita, estás arrebatadora. Estoy seguro que, esta vez sí me darás el privilegio de bailar con la reina de la belleza de Italia y España. Mira, nadie nos está mirando, toda la gente está borracha, envueltos en la música y el baile, no tienes a quien temer."

-"Cochino, regresaste e Insistes en acercarte a mí, ¿no ves que soy mujer de una sociedad distinta a la tuya? Mono apestoso, lárgate lejos de mí, esperpento del fangal. "

Cap. 5,

-Sí, ya lo veo, solo porque no soy de tu clase y color, es por eso que no quieres bailar conmigo.

"No, no es exactamente todo ese el problema, es algo más. Es que, lo tuyo no tiene solución, también pareces un monstruo, parece que no te bañas, ni te arreglas, pero, yo creo que eso nunca lo harás nunca; es que eres extremadamente feo, no importa cómo te vistas Yo creo que nunca te miras en un espejo. Pregúntale a mi compañero a ver que dice él. Hay que estar totalmente ciego, y con problemas de olfato, mal de la vista. Si no me crees, deja que sea él quien te lo diga, zorrillo apestoso. "

"-No Fanny, a mí no me tiene el mono ese que preguntar nada. Que se largue de aquí antes de que acabe rompiéndole los otros mal formados y poquitos de dientes que le quedan."

-" Oh...¿soy asqueroso y tengo feos dientes? ¡Así es que, ambos están confabulados en mí contra, que bonito!"

-Ya ella te dijo que no quiere bailar con un simio. ¿Qué diría la gente que la esté viendo bailando con un mono? Fuera, fuera de aquí rata vieja, apestas a raton."

¿Vas a dejar que ese gusano me siga insultando de esa forma? "

-"Pues sí, que siga, cosa asquerosa, lárgate al arrabal de dónde vienes, mono asqueroso. Con el permiso de la gente decente que

Cap. 5

vive en esos sitios. Te llamare "Robert Toilet," ¿está bien?"

-"Gracias por compararme con ese grande actor, por fin oigo un bonito piropo de una mejer bella."

-"Métele una patada en el trasero y sácalo, a golpes de aquí Francisco."

"-Mira pelirroja, ese zarrapastroso amigo tuyo no es hombre para ponerme un dedo encima."

Francisco se sintió ofendido y se le fue encima a Hipólito. Le tiró una bofetada a Hipólito, alias "bejuco', pero este la esquivó magistralmente, y se la devolvió con un puñetazo en la nariz haciendo sangrar a Francisco. Volvió Hipólito a la carga y le pegó a Francisco un puñetazo en la cara que lo hizo tambalearse. Es que, había sido Hipólito boxeador de callejones en los arrabales donde se había criado, tenía bastante destreza con los puños y habilidad para el boxeo, y sabía muy bien como esquivar los golpes. La pelea por un instante continuó violenta. Alguna gente se había detenido para animar la pelea, cual estaba calentándose sobre manera. Hipólito movía muy bien los puños, con estilo de boxeador profesional.

Cap. 6,

Parecía que Francisco estaba llevando la peor parte. Alguna gente se estaba enterando de la pelea, y la animaban, pero esta fue muy breve.

Mario, muy cansado y adolorido, se encontraba sentado, medio dormido, en un banco al lado de la Plaza, y como era tanta la gente, e insoportable el ruido, no se había enterado de lo que estaba sucediendo, no muy lejos del entorno de su muy querido banco consolador.

Francisco montó en cólera, y se le fue encima a Hipólito, o "bejuco" como despectivamente lo conocían en el mundo de las drogas, pues era un hombre decrépitamente delgado. Francisco, con todo el peso su alta estatura, y su atlética musculatura, le propinó un puñetazo en una quijada a Hipólito que le hizo volar unos cuantos dientes, los cuales rodaron por el pavimento.

Hipólito cayó de espaldas, dándose un contundente golpe en la cabeza, al golpear el pavimento, y con dificultad trataba de levantarse. Francisco, no perdió tiempo y volvió a la carga y cuando se le fue encima a Hipólito, este sustrajo de su cintura el largo puñal que cargaba y se lo hundió en el lado izquierdo del

Cap. 6,

pecho. Francisco, cayó al pavimento muy mal herido. Sangraba profusamente por la herida, y comenzaba rápido a perder su conocimiento. Mario seguía sentado en su mágico banco sin enterrarse de lo acontecido.

Hipólito se movió a toda prisa con Fanny como rehén, y tratando de esconderse entre el tumulto, secó los residuos de sangre del puñal, y se lo puso a Fanny en la espalda envuelto en un asqueroso paño, y se dirigió a su auto con Fanny como rehén. Allí lo esperaba un compinche de Hipólito, otro rastrojo de la sociedad, de nombre Generoso Bueno, quien permanecía sentado frente al volante de la auto propiedad de Hipólito, pues este no podía conducir automóviles, ya que su licencia se le había sido suspendida por la corte. Generoso era otra basura del pueblo, guardaespaldas, y sicario de Hipólito, a quien Hipólito empleaba como sicario. Esta basura era muy bien pagada por cada ser humano que eliminaba de esta vida, por este haberle robado sus puestos de venta de droga. Asunto no perdonado por aquellos afectados en ese sucio negocio.

Justa Baca, la amiga de Generoso tenía tres hijos, y vivía de forma consensual con otro individuo, igual a Hipólito, y Generoso.

Cap. 6,

Hipólito montó a Fanny en el auto, en el asiento trasero, y se sentó a su lado. Salieron de la Plaza tomando precauciones a fin de no levantar sospechas. Por orden de Hipólito se dirigieron hacia el sector Piñones. Fanny, estaba todavía un poco adormecida drogada, borracha hecha toda una porquería tenía poca noción de tiempo y espacio, hablaba un poco incoherentemente, su rozamiento estaba un poco afectado debido al cigarro alucinante y el alcohol. Pero, ya empezaba lentamente a normalizarse.

-¿"Vamos a buscar a Mario"?

-'Yo soy Mario, tu adorado amor, aquí estoy para protegerte.

-¿Eres tú Mario? ¡Recórcholis, Ja, ja, ja, ¡si pareces un troglodita! ¿Cuándo saliste de tu caverna? No creo que te civilizaras nunca, vete de regreso a la jungla, fo, apestas a mono. ''

-"Calla tu apestosa boca, ahora el Mario ese ya no existe. Yo lo asesiné ¿Qué bebiste esta noche rubita linda? Toma este "chicle", porque te sale de la boca un tufo a ron que le zumba la manigueta.

Cap. 6,

Pero, me llamas "troglosita", eso me gusta, es bonita palabra. Ustedes los estudiosos dicen palabras raras, y bonitas. " Quiero que me enseñes algunas.

-"Idiota, te dije: tro-glo-di-ta, o cavernícola, que es igual. No te digo más porque teres un burro de carga. Con permiso de los burros, que aprenden, pero tú eres un caso perdido."

Parecía que Fanny estaba ya recobrando la memoria, trataba de pedir auxilio, Hipólito (Jacinto), que también asi lo llamaban, le golpeaba la boca para que se callara. La policía a esta hora, estaría aumentando su fuerza policial en el acto de la fiesta, pero no los suficientes agentes que se necesitan para atender el asunto de la seguridad, que era ya un caos, pues la fuerza policiaca había sido fraccionada, por órdenes superiores, quedando muy poquitos oficiales para atender a tanta gente borracha y drogada en la paupérrima fiesta.

Ya Hipólito con su rehén se aproximó al puente, y estaba como a 15 minutos para llegar a Piñones. Tenía mucha hambre y quería llegar para comprar rabo y orejas, con cuajitos, comida de cerdo, ligera y barata que comen los que se amanecen en la jerga mundanal, de los bebedores noctámbulos. Es de todos sabido que,

Cap. 6,

Hipólito es un haragán, "vividor", hombre "de malas pulgas", de constantes criminales ejecutorias, hombre de muy mala actitud, pero, mueve mucha plata, producto de la venta de drogas, el lavado de dinero, y otras actividades delictivas. No obstante, a final de mes está el malandrín indeseable y delincuente, en espera del correo, que es cuando recibe los cupones para alimentos, y quiere aparentar ante el gobierno que es un indigente, calificado para las ayudas federales, y tratar de ocultar su vida criminal, y parásito indeseable, asco de mi pueblo.

El plan federal es exclusivo para personas desempleadas, del gobierno federal de Los Estados Unidos, quien es dueño absoluto de la colonia, de Puerto Rico, territorio tomado por la fuerza a España y gobernado por el pueblo de Puerto Rico, mediante un convenio no muy claro para muchos. El concepto político: "Estado Libre Asociado" no es para una gran mayoría, de los ciudadanos, ni estado, ni libre, ni asociado. Los Estados Unidos de América, ha provisto, ayuda financiera a los elegibles, gente de bajos recursos económicos, cupones para comprar alimentos, ayuda para el pago del alquiler de sus viviendas, medicina, dinero para la educación de los niños desde la escuela elemental hasta terminada la escuela superior, conocida en inglés como: "Hight School." El beneficio

Cap. 6

financiero, podría extenderse a los estudiantes elegibles, hasta niveles universitarios, de continuar estos en nivel de pobreza.

Hipólito, también es conocido por el nombre Jacinto y bejuco, había cumplido 8 años en una cárcel de máxima seguridad, por robo y drogas. Su amigo, la otra basura, el que había estado esperando dentro del automóvil estacionado al lado de la Plaza, era otro delincuente. Este había incluso cumplo cinco años de cárcel por robo, venta de drogas, asalto, y había sido liberado por causa de "buena conducta." Hipólito, también tiene otros casos pendientes por acometimiento y agresión grave, contra ciudadanos de la tercera edad, y asaltos en plena vía pública, y dicen conocedores de sus delincuencias, que él tiene algunas deudas pendientes por posesión forzosa de puestos de expendio de drogas de otros vendedores, asunto que, según conocedores de esa podrida sociedad esto, se paga con la muerte, en el mundo de las drogas. El delincuente, amigo de Hipólito conducía el vehículo, porque, Hipólito no poseía licencia para conducir, pues la corte se la había suspendido por, cantidad de infracciones de tránsito que no había pagado, y ahora, conforme a la ley tenía que volver a tomar el examen de conductor, previo a pagar todas las infracciones adeudadas.

Cap. 6,

Fanny, era una mujer profesional de clase media, e iba ahora secuestrada por dos criminales, quienes no lo pensarían dos veces para asesinarla y desaparecer su cadáver. El rumbo era hacia Piñones, un bello solitario paraje al lado de una magnífica playa, de suaves olas la mayor parte del tiempo, pero, otras veces también con mortíferas corrientes succionadoras, totalmente mortíferas, características en esa parte norte del mar, un esplendente mar que invita al disfrute en las cálidas aguas del Océano Atlántico durante los días del verano, pero, absolutamente muy peligroso durante la presencia de disturbios atmosféricos en el Caribe.

Hipólito, conocido por Jacinto, apodado "bejuco" era un rastrojo, peste de la sociedad podrida del área metropolitana, no porque fueran económicamente pobres, sino porque, no querían salir de la delincuencia, porque, viviendo en ese estilo de vida, haciendo mal a diestra y siniestra, sienten satisfacción y obtienen dinero con sangre, ganancias que no les permitirán disfrutar, porque, sus días aquí están contados para vivirlos, solo por un mínimo tiempo. El ángel de la muerte los reclama a gritos, y en ese estado les entregaran sus vidas, para luego ser asignados a vivir en otro dolor eterno más desesperante, después de sus partidas de este teatro infernal donde vivieron, condición social de vida que ellos mismos escogieron, asesinando, robando, delinquiendo a lado y lado.

Cap. 7,

Su guardaespaldas, Generoso Bueno, es otro modelo similar, agente típico de la misma maldad, plaga muy bien pagada para realizar las ejecuciones autorizadas por Hipólito. Este hijo de Lucifer, le daba protección en cualquier eventualidad. Andaba Generoso, esa "cosa" con la mujer de un "amigo" suyo, otra rapiña de los sitios donde abunda la nauseabunda y "putrefacta basura." Los que se han resistido a mejorar, moral y socialmente. Esta mujer había permanecido acostada en el asiento trasero del auto, para no ser vista por su marido, o marinovio, quien podría estar en esos momentos merodeando y vendiendo su "prohibida mercancía" pero, ella, ahora se había movido y estaba sentada al lado del conductor, con el pelo tirado sobre la cara, para no ser identificada, era esta otra discípula de los ángeles del mal.

Esta mujer estaba acompañando al que conducía el vehículo, porque, ambos habían planificado pasar la noche en un abominable pasatiempo.

Hipólito, con su espalda jorobada, su camisa desabrochada, luciendo su raquítico y decrepito cuerpo, vistiendo unos pantalones cortos y mostrando sus flacas y torcidas piernas, calzando unas cochambrosas chanclas y con sus pies mugrosos

Cap. 7,

y mal olientes, iba sentado en el asiento trasero de su auto, conducido por Generoso. Constantemente hacía exclamaciones por la alegría que sentía, de haber logrado, según él, el sueño de su vida, pasar una noche de loca aventura con una real reina de belleza. Decía y repetía: ''soy el hombre más feliz de mi vida. Ya le daré instrucciones a Generoso para que le vuele la cabeza a ese novio que está en el medio, el apestoso Mario, a quien odio con toda mi alma. '' Constantemente trataba poner su brazo sobre el hombro de Fanny, pero esta lo rechazaba tenazmente.

-''Mira nena, déjate llevar por mí, no me rechaces, ni aquí ni dentro del carro y mucho menos donde la gente lo valla a notar, porque me imagino que ya a estas alturas sabrás lo que te espera de continuar con tanta negativa actitud. Olvida a ese tal Mario, ya no existes para él, ya debe contarse como hombre muerto, porque Generoso se encargará de hacerlo desaparecer para siempre. Si no entiendes lo que te quiero decir, te lo repetiré una vez más, ¿entendido linda? No quisiera lastimarte ni con el pétalo de una flor, ni hacerte un mínimo rasguño porque eres mujer muy hermosa.

Cap. 7,

En el mundo de mi vida esa es la ley, a la que estas sometida desde esta noche, yo impongo esa ley.

Piénsalo bien si quieres vivir mucho más tiempo. Si estas pensando que regresaras con vida a buscar a tu Mario, estas bien equivocada. Tu destino después de esta noche está escrito en piedra como dicen ustedes los blanquitos. Eres una mujer dichosa, has encontrado al hombre que siempre deseaste, el que te pondrá a divertirte como tú quieres, todos los días de la buena vida que de aquí en adelante vas a disfrutar. Mario no te podrá dar ni siquiera una felicidad del tamaño de un frijol. Te he dicho que, tengo mas cantidad del dinero que puedas imaginarte; más del que la policía piensa que puedo tener. ¿Interesante verdad?

Después de las 10:00 pm no entraban policías a Piñones en común patrullaje, sólo en caso de absoluta emergencia, usando carros blindados y fuertemente respaldados con refuerzos especializados para defensa de choque. Al llegar la noche comienzan a llegar los más temibles delincuentes, y el trasiego de drogas es el negocio. El lugar es altamente peligroso. Solamente altos delincuentes pululan en toda el área.

Cap. 7,

De inmediato, en la plaza surgió una gritería, que se extendía a millas de distancia. Se formó un corre y corre. Las mujeres gritaban y corrían como locas, sin fijarse en la sangre que yacía sobre el pavimento. Resbalaban sobre la sangre que corría sobre el piso. Un hombre yacía tirado en el suelo. Un automóvil con dos mujeres y dos hombres había salido de la plaza, algunos lo habían visto cuando arrancó en dirección a Isla Verde. En la parte trasera del vehículo, Hipólito trataba de pegarse más Fanny, ella lo rechazaba.

En este momento ya Mario se habría levantado del asiento al oír a las mujeres corriendo y gritando, y el pandemónium que se habría formado al tratar muchos abandonar la Plaza, todos a la misma vez, y Mario, desesperado a Fanny otra vez.

En el asiento de un vehículo iba una mujer tratando de evitar que un hombre de mal olor y desaliñado, que iba a su lado se le pegara demasiado, y la amenazaba con un largo y ensangrentado puñal.

De súbito, la Plaza se llenó de policías. Cuatro hombres llegaron con una camilla, recogieron al herido que yacía sobre el piso, y sangraba profusamente, parecía tener muy poca memoria y su palpitación del corazón era demasiado lenta. No parecía tener mucha posibilidad de vivir. Le pusieron una máscara de oxígeno, le insertaron una aguja

Cap. 7

de una botella conteniendo un líquido rojo, que parecía ser sangre en las venas de un brazo. Lo montaron en una ambulancia muy bien equipada con todos los equipos de primeros auxilios, con dos paramédicos y dos enfermeras, salieron a toda prisa hacia el Centro Médico del Área Metropolitana. Un carro de la patrulla policíaca escoltó a la ambulancia hasta su llegada al Hospital Metropolitano del Centro Médico En la Plaza un policía con una libreta en sus manos, recogía información de lo sucedido en el entorno del suceso, pero, solo uno proveyó información de lo que observó, pues, este no era residente de San Juan, era un desconocido para Hipólito. Otros, por intimidación, se abstuvieron a dar información alguna por miedo a represalias. Estos residentes del Área Metropolitana podrían ser reconocidos por Hipólito, y de seguro que, este tomaría venganza contra ellos. Hipólito, no perdonaría a quienes lo acusaran en un tribunal, de cierto que, sus vidas penderían de un hilo. Este perverso, llevaba a Fanny secuestrada, con intenciones nefastas de este no conseguir de ella lo que él quería, para eso andaba con su gatillero, quien a las inmediatas instrucciones de Hipólito asesinaría a Fanny y desaparecería el cadáver de Fanny al hayar frustadas sus malévolas intenciones.

Cap. 7,

-¿Te gustan los chicles? Son muy buenos después de haber estado sin comer alimento alguno por mucho tiempo, y otras cosas de higiene.

-Oh, además de analfabeto, feo y apestoso, te crees experto gastrointestinal. ¡Trágame tierra! ¿Qué tiene que ver los chicles con higiene?

Lárgate al infierno, no quiero tus abominables "chicles", me dan asco. ¿Qué quieres de mí, mugroso maloliente? ¿Cómo te atreves acercarte a mí, una mujer fina, de buena casta y gran moral?

Ustedes, los blanquitos se dan patadas de pecho pretendiendo ser los mejores, los sabelotodo. ¿Qué pasó con el otro novio que tenías hace un ratito"? Eso, ¿es moral? Pues entonces, no sé qué cosa es moral, no soy de tu nivel social, porque no fui a la escuela. Para mí, moral es el dinero. Entonces tengo mucha moral.

-¿Y qué piensas hacer con tanto dinero, rey de los feos?

- Pues todo el dinero que tengo lo voy a invertir en ti, ¿qué te parece? Toda mi plata, mi moral, será tuya. Pondré tres hombres para protegerte noche y día, y un carro de la mejor marca, o coche como dicen ustedes, para tu uso personal. "

.

Cap. 7,

- Lo que tú me pidas será. Si quieres que la desaparezca, eso haré.

-"Bueno, es tu prerrogativa, pero cuídate de hacerle algún daño a esa mujer que te ha servido toda tu perra y apestosa vida. "

-¿Y qué cosa es "perrolativa, eso se refiere a perro?

-Animal, te dije, prerrogativa, facultad que tienes sobre lo que te pertenece.

-Dime, ¿dónde está Mario. ¿Le has hecho algo malo, basura de arrabal? Es un hombre de gran dignidad, lo pagarás con creces, si algo criminal has cometido contra él, zorrillo de cunetas. "

¿Me amonestas? No me conoces. ¿Sabes lo que yo puedo hacer contigo ahora mismo, chiquita engreída?

-¿Me amedrentas perro mal oliente.

-Bueno, dejémoslo ahí, porque te quiero para mí. De ese Mario, tu novio me encargo yo. Yo sé dónde encontrarlo. Lo degollaré y te traeré su cabeza como trofeo.

Francisco, fue internado en la unidad de cardiología intensiva, rayos x y cirugía. De inmediato fue sometido a un rápido y minucioso análisis médico. La puñalada, según el cardiólogo cirujano, había rozado ligeramente el ventrículo izquierdo de su corazón, creándole una leve laceración en ese lado, por lo que necesitaba una rápida intervención quirúrgica. Esa misma noche fue sometido a una delicada cirugía, a corazón abierto, y a los tres días, el diagnostico medico era muy favorable, para darle de alta pronto.

Cap. 7,

A los dos días lo llevaron a un salón de rehabilitación, y a la siguiente semana fue devuelto a su casa. La policía buscaba a Fanny y al secuestrador desesperadamente, pero nadie la conocía en todos los alrededores. Ella había desaparecido esa misma noche. Mire policía, un tirador de drogas se la llevó, no se mas nada. Dicen que se llama Hipólito, yo creo que ustedes lo conocen, si ha estado preso como diez veces, y siempre se las arregla para estar por ahí delinquiendo. ¡Que barbaridad!

-"Lo cierto es que, si el que ha raptado, a esa joven ha sido Hipólito, entonces estamos hablando de un individuo de un largo historial delictivo, hombre extremadamente peligroso, un zar de las drogas en todo San Juan, Bayamón, Carolina, Rio Grande, y todos los pueblos adyacentes," comentaba un oficial de la policía a su compañero. "-Ese hombre mueve mucho dinero, y tiene unos cuantos guardaespaldas y sicarios a su disposición. Necesitamos una buena estrategia para agarrarlo, y los mejores policías tiradores con armas de larga distancia, de alto calibre."

Mientras tanto, la policía mantenía a Mario bajo investigación, como única persona de interés.

Cap. 7,

Pues era él, su novio, y la información ofrecida a la policía no era aún del todo clara. No había suficientes testigos fidedignos por lo que no lo podían exonerar hasta tanto tuvieran mejores datos.

Había la necesidad de un abogado para que litigara ante el juez de paz a favor de Mario, y poder darle una fianza.

Mario les hablaba a la policía de un amigo, un tal Juan García quien era, según él un abogado en algún punto del Área Metropolitana, y su esposa de nombre Myriam, quien también es abogada, pero, no podía dar evidencias de la dirección, pues recién los había conocido. Mario y Fanny eran extranjeros europeos con muy poco tiempo viviendo en San Juan.

No fue hasta que un policía de nombre Alfonso Medina, dijo que él conocía a unos abogados, un matrimonio quienes les habían trabajado un caso de compensación, y sabía dónde quedaban sus oficinas. −"Él es de nombre Juan García, decía, y tienen un bufete en Hato Rey, quienes son muy buenos abogados, decía." El teniente

Cap. 8,

ordenó a ese policía que fuera al edificio donde ubican sus oficinas y tratara de recoger información, o buscara en las páginas amarillas del libro de teléfonos, o rebuscara en Google. Se necesitaba la dirección y número de teléfono que estarían, escritos en la puerta de entrada, de la oficina legal y se la proveyera de inmediato.

Cuatro agentes fueron enviados a la escena del crimen en la plaza para levantar más evidencias para poder proceder con los arrestos del, o, de los implicados en el suceso, en la desaparición de Fanny, y el acuchillamiento de Francisco, pues los datos del crimen en las primeras investigaciones de la policía, eran aun vagos aún.

Los oficiales, el cabo Alonso Medina, y el policía Luis Ruiz, depues de haber de rebuscado en internet, se dirigieron a las oficinas, de los Abogados, él, y un compañero policía. Estos regresaron a la Comandancia, con suficiente información para comenzar la investigación del caso. Mientras tanto, otros agentes llamaron a la residencia del abogado de nombre Juan, que no quedaba lejos de la Comandancia de La Policía, y casi junto con los policías que acababan de regresar, llegó el

Cap. 8.

abogado y su esposa, quienes se notaban muy preocupados por el aciago suceso acaecido a su amigo Mario y su novia Fanny.

Eran las 10:30 de la noche, Mario permanecía emocionalmente afectado, y solo.

Dos autos-patrullas camuflajeadas, y cuatro agentes fueron asignadas para vigilar el entorno de la vivienda de Hipólito quienes vagamente sospechaban que tendría a Fanny secuestrada en Piñones, pero, de ser cierto podría estar retornando a su casa en cualquier momento de la noche. Tampoco en el pueblo de Loíza la policía tenía exacto conocimiento del paradero de la fémina, Fanny, pero si era cierto, Piñones era sitio que se prestaba muy adecuado para estas clases de actos delictivos, y que por lógica estaría entonces, regresando a su casa en cualquier momento de la noche, a no ser que, otro contrario suceso se lo impidiese. Tenían que detenerlo para investigación, acto muy peligroso, por tratarse de un delincuente peligroso.

Ya Hipólito había llegado a Piñones con su amigo sicario.

Cap. 8,

Generoso se había salido del auto, con su amiga Justa Baca, y se habían internado en el palmar, llegando hasta la orilla del mar, donde se fueron introduciendo en las aguas tibias, pero muy agitadas del Océano Atlántico, un gigantesco cuerpo de agua muy peligroso durante disturbios atmosféricos en áreas playeras durante la temporadas de ciclones en el Mar Caribe, en la costa norte, este y oeste de todo el territorio de Puerto Rico. Por la magnitud de este huracán, que se avecinaba, toda las costas de Puerto Rico habían quedado prohibidas para nadar, y todas las embarcaciones grandes, medianas y pequeñas, estaban vedadas de navegar alrededor de Puerto Rico, y deberían permanecer en sus puertos, hasta posterior aviso.

La noche era muy obscura, nublada, sin luz de luna, ni estrellas en el cielo. Se oía el cantar de los búhos que, en intervalos pasaban volando bajo, en persecución de inmundas ratas que en la obscuridad de la noche merodean por el entorno, en busca de desperdicios, de alimentos putrefactos, y otras basuras que tiraban los clientes

Cap. 8,

descuidados de los quioscos, que luego se convierten en alimento de las nauseabundas ratas, y de los búhos, que con su poderosa vista noctambula, desde la distancia las divisan siguiéndolas en la tupida noche para su alimento.

Relámpagos cruzaban el cielo, en un eléctrico momento, rompiendo la tiniebla en una fracción de tiempo, dejando todo el entorno espléndidamente iluminado, pero, como en una mística noche de fantasma al interrumpirse el relámpago, y regresar las tinieblas.

Era temporada de huracanes, y el Negociado del Tiempo había estado advirtiendo a la ciudadanía amante de las playas, o que vivían cerca de ellas, a mantenerse alejados del mar, debido al fuerte oleaje, que se esperaba surgiera en cualquier momento desde pasada la medianoche, aumentando noche hasta pasada la tormenta de nombre María, cual al tocar tierra en Puerto Rico ya sería un monstruoso huracán. Se anunciaba que, surgirían olas de más de más de 100 pies de altura que, podrían ahogar hasta los más expertos nadadores, máxime si estos perdían

Cap. 8,

el control y no seguían el procedimiento de cómo nadar durante un suceso tal. No era tiempo de estar nadando en

un mar tan turbulento y, mucho menos en un oleaje de esa

categoría y punto. No creo que ni el más experto nadador sobreviva, al verse atrapado en un oleaje como el que se espera que surgiera, advertía La Oficina de Meteorología de Florida, de Los Estados Unidos.

Estar atrapado una de estas mortales olas no es divertido.

Si eres buen nadador, y nadas paralelo a la playa, podrías tener la suerte de liberarte de ellas.

Nunca el nadador deberá nadar dando su espalda a la ola, buscando en su desespero, alcanzar la orilla. Debe siempre nadar paralelo a la orilla, y así, la misma ola lo irá soltando poco a poco, hasta poder liberarse. Debe de calmar sus nervios, por temor a calambres en las piernas que le producirán insoportable dolor, impidiéndole la habilidad de nadar con efectividad, lo que terminaría en un lamentable ahogamiento por calambre en las piernas.

Cap. 8,

Hipólito permanecía con Fanny dentro del auto, tratando de convencerla para que accediera a sus abominables pretensiones, pero ella se resistía con tenacidad. El individuo era nauseabundo y de feo aspecto. Fanny sabía muy bien que Hipólito la quería tener como su mujer, y deshacerse de la otra. Estaba tan ilusionado con ella que ya estaba pensando dentro de su pervertida y escabrosa mentalidad, que esa misma noche, echaría a un lado a su mujer e hijos y se mudaría de su casa con Fanny a vivir su imposible, estúpida y loca fantasía.

De Fanny permanecer en el auto con Hipólito, de seguro que tendría que enfrentar una muerte muy trágica, un suceso muy aciago le esperaba. Las policías tanto federal, estatal y municipal habían sido activadas esa noche, habían tenido alguna no muy exacta información de que Hipólito tenía secuestrada a Fanny en el área de Piñones u otra área de la playa de Carolina o Loíza, y esas carreteras estaban en estricta vigilancia. El delincuente no iría muy lejos antes de ser atrapado vivo o muerto. Ella podía perder su vida accidentalmente por las balas cruzadas de la policía, del guardaespaldas de Hipólito, o, que Hipólito la

Cap. 8,

degollara, como acostumbra matar a las mujeres que lo traicionan, al verse frustrado al quedar truncas sus malévolas aspiraciones.

Mucha posibilidad habría también de una muerte por un fatal accidente, al ella ir en el auto con Hipólito, en ese

instante, a exceso de velocidad, huyendo de la policía, por una vía oscura, un poco estrecha y sin alumbrado eléctrico, cualquier tragedia podría acontecer.

Fanny estaba consciente del peligro inminente de muerte que la amenazaba por todos los lados esa noche. Mientras tanto, no tenía otra idea de salida, ni siquiera se le había ocurrido otra, sino la que había estado, planificando, que era la única que se le había venido a su mente. De inmediato comenzó a enfocar su mente hacia esa única estrategia de salvamento, que estaba plagada de riesgos, pero era la única alternativa, y el tiempo se le estaba acabando. Parece que, había sido iluminada por D's.

Los dueños de los quioscos de las "fritangas, fritos y refritos que preparan y venden los comerciantes del área, cuales llenan de colesterol dañino las arterias del corazón, comenzaban ya algunos a cerrar sus puertas y una vez todos se fueran a sus casas este sitio quedaría en una escalofriante tiniebla, con el ángel de la muerte detrás de sus orejas.

Cap. 8,

-"Dios mío, tengo que salir de aquí antes de medianoche, antes de que cierren las puertas los quioscos, se apaguen

las luces, antes que me sorprenda la tiniebla de la media noche. Necesito tener en mis manos las llaves de su auto, y que esta bestia se aleje de mí, ¿Qué hago Dios mío? Libérame de la satánica bestia esta. Si hubiera oído a Mario y a Juan, no me hubiera sucedido este problema con este anormal, que no es del todo tonto, más bien, un tipo astuto, de mente malévola. Dios mío, ayúdame a emprender una rápida salida de este lugar. Es necesario tener las llaves del auto para poder encenderlo y lograr salir de este lúgubre y tenebroso lugar, pero, él tiene que retirarse para poder lograr mi propósito. Pero, ¿cómo hacerlo? Siento que me muero del miedo.

e sus infernales garras no saldré viva esta noche, no por su propia voluntad, ni por nadie que venga en mi auxilio; a no ser por la policía, o a través de un milagro, realizado con la estratagema que Dios ha puesto en mi mente habrá un rápido escape. No obstante, existe un peligroso estado de guerra en mis

Cap. 9,

Nervios que, me hace temblar de pies a cabeza, y siento frialdad en todo mi cuerpo y el sudor que sale de mis es poros es frio como el hielo.

El tiempo es corto, mi vida pende de un frágil hilo que, puede quebrarse en cualquier momento, máxime al tratar de poner en ejecución mi "operación-milagro" de salvamento. Si flaqueo en mi plan, seria cadáver antes del amanecer."

-¿"Qué te pasa nena, te siento la cara fría, tu sudor es frío como hielo. ¿Estás enferma? Estas hablando sola, te noto rara, ¿algo te sucede? "

-"Tú sabes Hipólito, las costumbres mensuales de nosotras las mujeres. Así nos hizo Dios, que más te puedo decir, no es mi culpa. "

-" Si, lo entiendo Fanny, vamos a dar una vuelta por el área creo que te hará bien, ¿quieres?

? -"Pues buena idea nene, veo que eres hombre apiadado.

Cap. 9,

No me sueltes, me siento nerviosa, y un poco mareada, necesito descansar un poco, nene. "Hipólito se volvía una porquería de ensueños, e ilusiones, cuando ella lo trataba de "nene," y le pedía que la sujetara de su mano, no entendía el hediondo gusano, que todo era un tratamiento psicológico de ella, para mantenerlo alegre. A este critico nivel. Era mejor no enojarlo, y aparentar.

Muy cogiditos de las manos comenzaron su caminata por los alrededores. " Ella sentía asco de sus manos. La noche era absolutamente tropical, cálida, húmeda y muy obscura.

El aire que llegaba del este era rápido, y húmedo.

Los resplandecientes relámpagos dejaban iluminado el entorno, acompañados, y fuertes truenos, y ráfagas de fuertes vientos levantaba la basura y zafacones mal asegurados al suelo.

De súbito se sintió una voz de hombre que salía de las inmediaciones del palmar.

´-´Hipólito, ven pronto, la "sanguijuela" 'se me ha desaparecido en el agua, no quiero ni pensar que se haya

Cap. 9,

ahogado, necesito quien me ayude a encontrarla, ven rápido, si puedes, trae ayuda, el mar está muy peligroso.

Hipólito, tengo miedo al mar, está muy bravo. ″

Parecía que, Generoso y Justa habían estado teniendo serios problemas, desde antes. Justa Baca, era conocida por el apodo de "La Sanguijuela″. Esta era una de las que, al igual que, otras viven en la vagancia, y los vicios. Estos y estas están siempre pendientes al fin de mes, que es cuando llegan los beneficios de los cupones del gobierno federal, para comprar alimentos para sus hijos, y necesidades, dentro de la ley federal.

Hay que darles un aplauso fuerte a aquellos valientes que han podido salir victoriosos de estas ataduras, y hoy son dignos ejemplos de la sociedad. De estos, yo conozco a muchos que han podido escalar, y hoy son profesionales en el campo de la educación, en los negocios, exitosos en otras profesiones y oficios.

El conductor del vehículo, Generoso Bueno, y su

Cap. 9.

compañera Justa Baca habían salido a dar un paseo por dentro del palmar, y se habían internado en el mar para darse un chapuzón y divertirse. Esta "loca" hija de su buena madre tenía tres hijos, cada uno de diferente padre. La inmunda lacra, andaba en una abominable noche de bohemia con un nauseabundo paradigma de la franca decadencia moral, arquetipo de Lucifer, Generoso Bueno que, de bueno lo único que tenía era el apellido, pues era un frio criminal.

Fanny estaba muy aterrada por los sucesos que le podían ocurrir en esa oscura y tormentosa noche, y se sentía destruida emocionalmente, temblaba de pies a cabeza, sin poder controlarse.

-''Padre mío, ayúdame en este único plan para liberarme de las garras de este criminal, secuestrador, quiero retornar a mis principios de fe y práctica, los que me forjaron a ser mujer triunfadora. Me olvidé de Ti, porque me cegué por la vanidad de mis triunfos y me torné egoísta, altanera,

Cap. 9,

presuntuosa, inclinada a los placeres y el lujo, pues no

supe recibir el triunfo con modestia, y me torné vanidosa, narcisista, y sorda a escuchar los consejos de quienes me querían ayudar. Tiré mis buenos principios por la borda,

los que he aprendido con Tu ayuda. Excúsame de haber sido egoísta con los menos privilegiados. Perdóname por haber considerado a otros inferior a mí, a aquellos que no han podido alcanzar mi nivel académico algo que es efímero.

Te ruego que me liberes de las garras de este frío criminal. Quiero regresar a los principios que mis padres me enseñaron desde niña. ˮ

Hipólito era hombre sumamente violento, pero, tan tan ilusionado estaba por Fanny que, todo lo que ella le decía y le prometía, lo tomaba como cierto. Se sentían muy animado con Fanny por su declaración de amor por él, y mataría a cualquiera que se le interpusiera en su camino. Para nada él pensaba que ella estaba planificando su huida, asunto que, para él sería una traición, que, de él enterarse, la degollaría sin pensarlo dos veces. Dios la

Cap. 9,

había provisto de una formidable capacidad espiritual,

intelectual, e iba a usarla contra la estupidez de ese individuo y lograr de forma sorpresiva y rápida, su libertad. Estaba dispuesta a jugárselas frías, no había otro método de salvamento, pues la policía no vendría en su auxilio, tal vez hasta el amanecer, y para ese momento ya sería cadáver. Se acordó las veces que estuvo en meditación en la congregación, y hasta donde había llegado por su descuido. Comenzó a pensar cuál sería la mejor estrategia, el mejor ardid, que Dios le pusiera en su mente para liberarse de ese animal de aparente humana apariencia, de esa personalidad animalesca.

"-Hipólito, tú sabes que soy sincera; puedes confiar en mí. Tengo para ti sorpresas, y esta noche te enteraras de una de ellas. ¿Te sorprendes nene? Lo noto, pero ya verás, como todo habrá de cambiar. Eso de salir a ver el mundo fuera de aquí es algo que ya yo lo había estado pensando.

Conozco mucho por toda Europa. Te voy a llevar a los lugares más bello del mundo. Europa es grande y bella.

Es asunto de algunos días, Te voy a llevar a conocer muchas cosas que nunca has visto; te aseguro que nos divertiremos.

Cap. 9,

Ahora la vida ha dado un giro, y creo que, por fin he en encontrado al hombre que siempre anhelé tener. Eres joven aún, mucho más que aquel otro que vino de España conmigo, y que ya ha comenzado a ponerse viejo y decrépito. Actualmente no sé qué ha sido con él, y de aquí en adelante, no me interesa lo que le pueda haber pasado.

Hipólito tú tienes vitalidad, juventud, y dinero para vivir, aquel otro, es un pobre "pelado" soñador, es bueno para nada. Pero, veo que me miras asombrado. No lo dudes mi amor, te seré una mujer fiel, seré toda tuya, la vida te da sorpresas ah, y esta es una grata que ya comienzas a ver poquito a poquito. Entiendo que todo esto es difícil para comprenderlo, porque sé que, no esperabas esta sorpresa, pero, eso es la vida, como una caja de sorpresas. Tendremos que casarnos, pero, no puedes dejar abandonado a tus hijos. Es necesario que, si vamos a estar viviendo juntos, tus hijos que tienes en tu otra mujer, no pasen hambre. De todo ese dinero que tienes, una parte la usaras para el mantenimiento de tus hijos, y Dios nos bendecirá. Cuando estemos unidos, compraremos una casa, y nuestro propio yate para ir por todo el mundo. ″

Cap. 9,

-"Fanny, espera, creo que vas de prisa. ¿no me estas engañando? Sabes que no perdonaría a quien me engaña.

Tus hablas como si todo fuera tuyo. No me tienes que decir lo que yo tengo que hacer con mi familia y con mi dinero, toda esa es mi responsabilidad. Yo todavía ni te conozco. Te he visto por primera vez esta noche, y ya estás hablando de que me vas a llevar aquí y allá, por toda Europa. Si yo quisiera ir a Europa, mañana compro un pasaje, me llevo a una mujer de las mías, y viajamos hasta la luna. Yo no sé lo que es un yate. Se lo que es una lancha, una balsa, y he visto los gigantes barcos que llegan a San Juan, ¿son esas gigantes cosas que veo a cada rato que llegan a los muelles de San Juan, yates? Pues no sé qué me quieres decir con yates. "

Fanny palideció, y el sudor frío que desde antes le había estado saliendo por los poros, aumentó al doble. De súbito sintió que sus rodillas se le doblaban y de no haber sido por Hipólito quien la sostuvo hubiera dado con su rostro sobre el pavimento. Sintió deseos de vomitar e Hipólito la sostuvo mientras vomitaba. Su vomito era pura agua, pues no había ingerido alimento alguno desde el día anterior.

Cap. 10,

Mientras Hipólito sostenía a Fanny por la cintura para que vomitara y no perdiera el balance de su cuerpo y cayera al piso, se volvió a escuchar la voz Generoso que salía desde dentro de las inmediaciones del obscuro palmar:

-"Hipólito ven pronto, Justa está perdida en el agua, y el mar está muy agitado, y siento miedo de buscarla dentro de todas estas inmensas olas que no menguan. Yo no sé nadar muy bien, y tú sabes bregar con el mar mejor que yo, pasa pronto por aquí. "

-"Salgo para allá rápido. Fanny está un poco enferma y tengo que dejarla ir al carro para que descanse un poco. "

-"Fanny, ¿tú sabes conducir autos?

-"Nunca he conducido ni una bicicleta en toda mi vida"

-¿Puedes irte sola al carro por un momentito en lo que yo atiendo a esta bestia?"

Fanny sintió que del cielo venia algo divino sobre ella, que la protegía. Sus fuerzas le llegaron, mientras sentía que una mano divina la sostenía. Sus energías se multiplicaron, y quería gritar de contentura. Por esa alegría le dio un beso en las mejillas a Hipólito, quien se sintió tan alegre que no podía emitir palabras. Era la primera vez que ella besaba a Hipólito, y todavía Hipólito no creía la actitud tan arrojada de Fanny de tratarlo de esa forma tan cariñosa, estaba sorprendido. Ella le había prometido sorpresas, y en su interno pensaba que esta había sido una de esas sorpresas prometidas.

Cap. 10,

"Fanny, atiende lo que te voy a explicar. Estas son las llaves de la puerta del carro, esta que es un poco diferente es la llave para encender el motor, y esta otra es la llave para abrir la cajuela de la parte de atrás, donde se guardan muchas cosas que muchas veces no sirven para nada, son pura basura. Vete al carro y reclínate en el asiento para que descanses. Si tienes temor de caminar hasta el carro yo te acompaño."

-"No, está perfecto, el auto está como a 30 pasos de aquí, no me da de miedo, puedo llegar sola, hay una luz allí. Es importante que atiendas a esa llamada de urgencia. Hay que dar con esa mujer pronto, vete, vete, eso es una urgencia, mientras tanto yo espero dentro del coche, descansando mientras tu atiendas a esa necesidad y regresas de tu misión de rescate, pero, avanza, nos vemos a tu regreso para que sigas soñando en la sorpresa que vas a recibir.

-"Fanny, me voy enseguida, quiero saber de qué se trata la sorpresa que atienes para mi esta noche. Me tiraré al agua del mar para lavarme esta mugre que tengo en todo mi cuerpo, porque yo entiendo de que tú eres una mujer limpia bella, y que te gustaría que este hombre, yo, quien va a recibir esa inesperada sorpresa, debe de estar limpio, como yo veía a aquel otro lindito, aquel quien se lo tragó la tierra. Es como tu querías verme algún día, y hoy es ese día. Ahora entiendo, que tú me rechazabas para probarme, estabas loca por mí, y yo no lo entendía, bruto que había sido. Eres

Cap. 10,

una mujer super dotada, cuando nos casemos sé que me habrás de enseñar a leer y escribir, y dibujar, para dibujarte toda, de pies a cabeza. ″

-″ Gracias lindo, elegante, buen mozo; te quiero, pero, vete, vete'

-¿Me das un besito antes de irme nena?″

'-¡Pues claro que sí, mi futuro esposito! Vamos, pon esa hermosa mejilla más cerca de mí, ahí va, ¡chua! Pero mira, esa mujer se debe de estar ahogando, y tú, como si nada estuviera pasando. nada, vete, vete, que yo tengo que descansar un poco, pero, corre, ve-e-e-te, muévete, que esa mujer necesita auxilio, nene avanza.'

-'Bien mamita me voy, bay, bay, chao, pero cuídate mucho ″.

Mientras Hipólito se acercaba a la entrada del palmar, Fanny se limpiaba la cara con su pañuelo, y se la estrujaba, una y otra vez, e Hipólito volvía su cara hacia Fanny constantemente, Fanny tomaba mucha precaución, se limpiaba la cara con su pañuelo, solo cuando él no la estaba mirando, no fuera que el la viera limpiándose, y que cuando regresara estuviera enojado y tomara venganza contra ella, considerándola como falsa e hipócrita, porque se estaba limpiando donde él la besó, y todo se echara a perder, en cruento detrimento para Fanny, pues su vida estaba en juego esa noche. No obstante, él reía a carcajadas y caminaba bailando.

-″Hipólito, ¿qué te sucede muchacho? Nunca te había visto tan alegre. Por fin pudiste quitarle el punto de drogas a Facundo, el del Fanguito, ¡qué bueno!

Cap. 10

Ese es un buen punto. Sabes que ese chamaco es peligroso, hay que eliminarlo, antes de que envié su gente contra de ti."

-" Generoso, ese trabajito te toca a ti, el dinero está disponible, vamos, muévete empezando desde mañana, tienes $2,000.00 por el trabajito de linchamiento. Si mañana no lo puedes hacer, porque te tiemblen las manos por el miedo, dímelo esta misma noche. En este caso tendré que hablarle al negro "anaconda. "Este animal se está muriendo de hambre, y lo hará hasta por $500.00. Lo peligroso es que, este aparato habla demasiado, yo no lo confió. Tendrías tú la obligación de eliminar a anaconda, o pagarle a uno de tus compinches para que lo haga. "

-"Mira Hipólito, dejemos esta conversación para continuarla mañana. Por ahora tengo mi mente muy comprometida con la búsqueda de Justa Baca. Avancemos que el mar está a cada hora más bravo, y yo le tengo mucho miedo al agua del mar. ¡Hipólito, mira, mira allá hacia el frente, ¿no ves la figura de una mujer que levanta sus manos, y con ellas nos indica que vallamos hasta donde ella esta? La figura se me parece a Justa. "

-"Generoso, yo no he visto a ningún fantasma de mujer como indicas. Yo lo que creo es que ya te estas volviendo loco, o ha sido que tú has matado a esa mujer, y ahora tu consciencia te está volviendo loco. Si estoy en lo cierto, dímelo, y nos iremos de aquí."

-"No te vayas Hipólito, ayúdame a conseguir a Justa, ya que esté viva o muerta. "

Cap. 10,

-"Hipólito, tengo que preguntarte algo muy interesante. "

-"Dime Generoso.

-"Tengo el presentimiento que has estado pensando en eliminar a Fanny.

-" No, no es cierto. Nunca haría tal cosa, no tendría el ánimo para hacerlo. Fanny es una mujer especial, muy bonita, y tú lo sabes. Tú nunca podrás tener una novia como ella Es muy duro tener que matar a un ejemplar de mujer como ella, aunque he tenido tentaciones fuertes, cuando se ha estado burlando de mí, por mi apariencia. Pero, déjame decirte, estoy sorprendido de ella. De algunas horas a esta parte, ella me ha jurado que todas sus burlas hacia mi eran fingidas, pero que se noria por mí. Quiere casarse conmigo, mañana mismo, si fuera posible. Me consta que ella es una mujer muy limpia, pura, segura de lo que dice y hace. No creo que me esté engañando, por querer tener mi dinero.

-"¿Dónde la dejaste?"

-"Se sentía enferma, y hasta estaba vomitando, le toqué la cara y estaba fría como hielo. Le dije que se fuera al carro y descansara un poco en lo que yo atiendo tu problema con Justa. "

-"¿Le diste las llaves del carro?"

-"Pues claro Generoso, no trates de hacerme pensar que Fanny es......

Cap. 10,

una arrabalera, o capaz de engañarme. Además, hay muchas mujeres lindas, serias y responsables en los arrabales."

-"Si que las hay, y muchas, como las hay en los mejores sitios del Condado, Isla Verde, y em toda el Área Metropolitana, en todas partes las hay."

-" Te digo Generoso, que ella me ha dado una sorpresa y dice que tiene otras para darme pronto, y creo que me está diciendo verdad.

Es que, de pronto ella ha cambiado, y dice que siempre me ha admirado. No te miento lo que te digo, aunque a veces todo esto me esté raro, muy raro. Como hombre de mundo, debo de poner a prueba su nueva forma de pensar. Generoso, me estás haciendo cambiar mi mente, me has puesto dudas en todo esto. Pero, si noto que todo esto es una patraña de ella, entonces, voltearé la cara para no mirarla, y la mando al otro mundo, o te pago para que tú lo hagas por mí, aunque tenga que pagarte bueno por el trabajo, y que yo sufra por un tiempo. "

-"Hipólito, si me das una buena compensación, haré el trabajito. '

-"Bueno, para eso eres mi sicario preferido, y asi lo serás hasta que un día me hagas perder la confianza en ti, por tanto, continúa siendo de mi confianza y todo seguirá bien entre ambos"

-¿"Me amenazas Hipólito?"

Hubo silencio.

Cap. 10,

Mientras tanto, en la Plaza seguía la fiesta en todo su apogeo, pues a la distancia se oía la algarabía de la fiesta que continuaba en todo su esplendor. Era algo más de las 11:00 de la noche, el sonido de los instrumentos musicales sonaba a toda su capacidad. La orquesta parece que había cambiado del género de música suave de bolero, al género de salsa, al estilo puertorriqueño- cubano, y la gente a la distancia, se escuchaba alborotada, tal vez como es costumbre, bailando sobre los adoquines instalados por los constructores de Don Juan Ponce de León, y sus ingenieros españoles 600 años atrás.

Parece que, la euforia se había apoderado de la muchedumbre que se había dado cita para celebrar un día de fiesta mundana favorecida por el orden de la jerarquía religiosa. La música sonaba a todo volumen que volaba los tímpanos de los oídos. El alcohol mezclado con otros estimulantes prohibidos, y la promiscuidad indicaba que era la agenda de esa noche de bohemia. Todo parecía que la muchedumbre estaba sumamente alborotada, pues a la distancia se escuchaba la algarabía, que arrastraba el viento que soplaba de esa dirección que, era de momento suave y constante.

A intervalos a se escuchaba bastante claro la gritería de la gente y la orquesta tocaba la música de salsa a todo volumen. Parece que había llegado a la fiesta mucha juventud de locas emociones, tal vez, ávidos a los vicios y al alcohol.

.

Cap. 10,

Fanny, de camino al auto, caminaba lo mas ligero que podía, pero, sin correr para no levantar sospechas. Mientras caminaba, hacía pausa y miraba hacia atrás, asegurándose de que nadie la seguía. Sus manos le temblaban y sudaba constantemente. Hipólito se había internado en el palmar con su compinche criminal Generoso, para ir en ayuda de Generoso, para tratar de encontrar a Justa Baca que según a Generoso se había desaparecido de su lado. Todavía había un poco de luz en los alrededores, proveniente de los quioscos, que aún estaban abiertos, y gente que entraba y salía con bolsitas de alimentos cocinados para llevarlos a su familia. Fanny estaba ya muy cerca del automóvil de Hipólito que estaba aparcado mirando hacia la salida del litoral, a algunos pasos ya de ella. Las llaves las llevaba en su mano derecha, empapadas por el sudor que corría por toda su mano. Llegó al auto, se detuvo, por fracciones de segundos, miró hacia atrás para asegurarse de que Hipólito no la seguía. Se aseguró que la llave a introducir en el cerrojo de la puerta era la correcta, pues el tiempo era corto, e Hipólito era hombre impredecible en su comportamiento, y podría ser que, Hipólito regresara al auto de sorpresa, para cerciorarse de que Fanny estaba bien, o abrirle la puerta al carro Fanny, y regresarse donde estaba Generoso.

Cap. 10,

Generoso había puesto dudas en Hipólito, de lo que él había hecho, de poner las llaves del auto en las manos de Fanny. Fanny, temblorosa de sus manos, introdujo la llave correcta en el cerrojo, tiró hacia la izquierda y sintió que el seguro de la puerta accionó. Haló la puerta del auto tratando de no hacer el menor ruido. Tomando precauciones de que Hipólito no la estuviera escuchando, fue halando poco a poco la puerta hasta que esta estuvo lo suficientemente abierta. Se sentó en el asiento del conductor, apagó la luz de adentro del auto, trató de escoger la llave que ella pensaba era la que encendía el motor, pero, esta no era. Volvió a tratar con otra, pero, en esa actividad, se le safo el llavero, yendo este a caer por debajo del asiento. Sudaba a cantidad y sus manos parecían una maquina agitadora. Trataba de localizar las llaves sin prender la luz interna. Las llaves habían caído en algún ángulo difícil de llegar. El espacio era muy reducido para moverse, viéndose obligada de abrir la puerta para tener mas espacio para moverse, y meter su cabeza lo mas que pudiera debajo del asiento, para ver de qué forma podía localizarlas. Parecía que los segundos eran horas, y el lugar se iba poniendo mas oscuro a medidas que más quioscos iban cerrando sus puertas. En un instante, mientras barría el piso del asiento delantero con su cara tratando de dar con las llaves, sonó algo que le parecía el sonido de llaves.

Cap. 10,

Hizo más fuerza para poder introducirse por debajo del asiento, y por lo estrecho del espacio que tenía para mover su brazo, se hizo una pequeña herida en su brazo con alguna pieza de metal y sentía que sangraba. Era el único brazo que podía usar, ya que era diestra solamente del brazo izquierdo. Tiñendo con su sangre el piso del auto, logró palpar algo que le parecía unas llaves, y le regresó su alma al cuerpo. Tratando de incorporarse para salir de aquel estrecho lugar, y como era una mujer no de corta estatura, luchaba para poder agarrarse del volante del auto para poder salir, y ponerse en posición y poder sentarse e introducir la llave en el interruptor, accionó involuntariamente la bocina del automóvil. Sus nervios la atacaron de sobremanera. Con las llaves en su mano temblorosa trataba de introducir la llave del encendido del motor en el interruptor, y debido a su constante temblor de su mano, por más que trataba de localizar el sitio donde insertar la llave, no podía dar con el sitio, chocando una y otra ves sobre los bordes del interruptor con la llave. De súbito, escuchó unos gritos que pronunciaban su nombre, y vio a un hombre enjuto y medio jorobado que corría hacia el auto. Volvió y trató de introducir la llave, y esta ves lo logró. Se aseguró que la puerta de su lado estaba bien asegurada por dentro. Giró la llave hacia la derecha, logrando encender el motor. El auto era un Ford Mustang, tipo ″sport″ de 8 cilindros,

Cap. 11,

un auto poderoso de motor, y muy ligero que estaba estacionado al lado de la carretera donde había mucha grava. Hipólito halaba la puerta del auto con todas sus fuerzas tratando de abrirla, mientras le gritaba palabras soeces, y la amenazaba con degollarla. El motor rugía desesperado por salvar a Fanny, arrancar, y cobrarle a su dueño por todos los crímenes que había cometido dentro de su interior. Hipólito corrió a la parte trasera del auto, buscando en su desespero alguna piedra, o pedazo de fuerte madera, lo suficiente grande para romperle el cristal, pero nada encontraba. Le daba con sus puños al cristal, pero no podía romperlo. Hipólito, muy desesperado volvió como un loco a la parte trasera de su auto en busca de algún objeto para romper un cristal, pero sin ninguna suerte. Entonces Fanny movió la palanca de arranque, apretó la tabla de aceleración del Mustang, encendió los faroles del frente. La rugiente y poderosa máquina, con toda su rabia, accionó su motor en alta velocidad, con rebosante coraje de desquite por todos los crimines cometidos por Hipólito en sus rojos asientos de puro cuero. Las llantas traseras giraron a una salvaje velocidad, disparando una lluvia de grava y fango sobre el cuerpo de aquel endemoniado y enjuto hombre, quien inútilmente trataba de sacarse de encima tantas piedrecitas y lodo. El hombre caminaba a tientas y mientras caminaba, lloraba de rabia y maldecía a la que hacia 25 minutos le había

Cap., 11,

prometido amarlo por toda su vida, sin saber que se trataba de un excelente ardid para su libertad.

Fanny, bajó la velocidad de aquel monstruo de 8 cilindros, porque este campeón de las carreteras le exigía pista adecuada, una carretera amplia y larga para sentir la satisfacción por la salvación física de una hermosa mujer, merecedora de ello. Fanny miró por el espejo retrovisor, y todo lo que podía ver detrás eran tinieblas, y jubilantes luciérnagas volando de un lado a otro sobre el campeón Mustang azul, en actitud de celebración por aquel milagroso triunfo de salvamento, en las manos de una mujer de coraje, y la frustración de un zar de las drogas, y su posible comienzo del final de sus crímenes. Pero, aunque todo esto parecía el final total de este criminal, y sus sicarios guardaespaldas, todavía faltaba un final total de este empedernido criminal, y secuaces. -˝ Él ha jurado dar con Fanny, con su novio Mario y con todos los que hasta aquí las han protegido. De seguro que ya estaría quitándole por la fuerza un automóvil a cualquier ciudadano para venir en mi búsqueda. Él debe de conocer a perfección pulgada a pulgada todo ese entorno de Piñones y no transcurrirían más de diez minutos, cuando ya vendrá por mi.

Cap, 11,

Dios mío, gracias por haberme protegido hasta aquí. Me toco la cara, y todavía me da trabajo en pensar que estoy viva. Es exactamente la media noche. Dios mío, levanto mis manos por tu salvación de ese criminal, pero, todavía este episodio no ha terminado aquí. Este hombre puede que esté determinado en venir en mi encuentro, y es ya. Yo no conozco el sitio donde estoy, ni conozco a nadie. No sé dónde ir de aquí en adelante. Allá más adelante veo luces, podría ser algún establecimiento comercial nocturno. Creo que lo mejor que debo de hacer es llegar hasta ese lugar, y si esta abierto pasaré a su interior y pediré ayuda. Necesito encontrarme con algún agente de la ley. Ando en el auto de ese individuo, él me estará buscando, tengo que salir de esta carretera de inmediato, antes de que él me de alcance. Creo que no estoy muy lejos del sitio desde donde salí en este vehículo, de su propiedad, al cual puede identificar a ojos cerrados. Si me detiene la policía, tendré algunos inconvenientes, pues el auto no es mío, ni tengo licencia de conducir de esta Isla. Creo que terminaría en la cárcel hasta que se clarifique mi situación.

Bueno, aquí voy llegando al estacionamiento de

Cap. 11,

ese establecimiento nocturno. Hay luz allá dentro, y debe de haber gente. Me parece un sitio de baile, ya veré. Creo que me voy a estacionar, por la parte trasera, para mejor seguridad, no quiero exponer este auto, él estará pasando por qui en dentro de poco tiempo y estacionar al frente no me favorece. No dudo que ya tiene que haberle quitado por la fuerza el auto a otra persona, y vendrá por mí. De una forma u otra alguien me socorrerá, o puedo llamar a la policía desde algún teléfono."

Fanny caminó ligerito, pasó por el lado de unos hombres que estaban hablando al lado del establecimiento, y por tratarse de una mujer que llamaba la atención a los hombres, de inmediato los hombres trataron de hacerle un acercamiento. Era un salón de baile, con un prostíbulo, y cualquier mujer que estuviera deambulando por ese lugar, no era de dudar que podría tratarse de una mujer de la vida alegre. No era el caso de Fanny, su problema era distinto. Tomando precaución evadió el acercamiento de los hombres, se aproximó a la puerta de entrada y procedió a abrir la puerta, y tan pronto entró dentro del prostíbulo aparecieron hombres por todos los lados invitándola a bailar.

Cap. 11,

-"Un momentito señores, no soy una mujer de vida alegre. Solo he entrado en busca de ayuda. He sido raptada desde la plaza de la capital, y me le he podido escapar al raptor fingiéndole amor, y declarándome enferma, convenciéndolo de que tan pronto me restaurara de mi enfermedad, nos casaríamos de forma correcta. No me pudo abusar sexualmente, aunque trató, pero yo se lo impedí defendiéndome con mis conocimientos de defensa personal que poseo, soy cinta negra. Por un milagro divino creo, me pude apoderar de su auto, y el cuchillo que portaba, y en su auto me he escapado de sus garras. Esta es una historia todavía larga, tomaría tiempo para explicar en detalles. "

"Señorita, ¿posee usted alguna identificación, soy un policía, que temporeramente trabajo aquí algunas horas y estoy aquí para vigilar el movimiento de ese criminal, "

-" Si señor oficial, vea usted, es esta mi identificación. "

-"Fanny Broggie, veo que es usted española, casi recién llegada. Lamento haya tenido usted una mala experiencia, casi llegando a esta Isla. Veo también que es usted abogada y que está usted en gestión de estudios avanzados en relación a su profesión. Dios mío, es lamentable lo ocurrido casi llegando a mi Isla. Tengo conocimiento de este suceso a través de la radio y la tv. Yo he sido asignado a vigilar los movimientos de ese indeseable, soy policía como le he dicho. No tema, está usted en buenas manos, señorita Broggie, es mi deber protegerla. aun sobre mi cadáver.

Cap. 11,

-"Muchas gracias por la atención que pueda darle a mi problema. Oficial, no se sienta mal que me haya acontecido esto aquí, en vuestra Isla. También en España suden cosas similares. Soy de nacionalidad francesa, casi criada en España, y allí también suceden cosa como esta, y peores.

-"Señorita Fanny, permítame las llaves de ese auto, voy a ordenar que se mude ese auto al frente, lo voy a usar como carnada para que Hipólita la muerda. Yo se que el debe de estar ya en su persecución. El sabe la ruta que usted tomó, y pasando por aquí, se detendrá al ver su auto estacionado, y habrá de entrar para reposeerlo, y entonces lo hemos de agarrar. No tema, usted señorita, usted estará protegida por la policía. Me comunicaré con la Jefatura de La Policía, para que me envíen cinco autos camuflajeados. Al maldito flaco ese y a todos los que con él vengan, los agarraremos esta misma noche. De inmediato, voy a expedir una orden, a través del dueño de este sitio, el señor Osvaldo Torres, para que no haya nadie al frente de este establecimiento. Se trata de una peligrosa acción policíaca. Solo la policía estará dentro de los autos policíacos blindados, con cristales ahumados, para que Hipólito no pueda saber quién, o quienes estarán dentro de los autos. Este lugar podría ser un frente de guerra dentro de poco. Manténgase aquí, no se mueva, no tenga miedo. "

Cap. 11,

-´ Teniente de verdad que agradezco su intervención en este caso pero, todavía no le he explicado todo lo concernido en todo esto, que ha sido una inquietante pesadilla, donde he estado bien cerca del filo del cuchillo de ese criminal. ˝

-˝Señorita, todo eso que usted no me ha explicado será parte del caso que será escrito con todos los detalles expeditos, los cuales de inmediato vamos a poner en orden. ¿Dónde estaba usted antes de ser tomada como rehén de ese señor?

-˝Yo estaba en la plaza bailando, pero, en ese momento había complacido la petición de un amigo nuestro que me solicitó que, con el permiso de mi novio le permitiera bailar con él, lo cual le fue permitido. Mientras tanto, mi novio se había sentado en unos de los bancos de la plaza, para tomar un descanso, ya que padece de neuropatía en los talones y planta de sus pies, y necesitaba algunos minutos de descanso para reponerse, y parece que con el cansancio que tenia había estado dormitando, y no se estaba enterando de lo que me estaba sucediendo con el señor Hipólito, quien quería bailar conmigo de cualquier forma. Mario y yo de habíamos estado pensando retirarnos a nuestro dormitorio al hotel donde nos hospedamos temporeramente. Es en ese instante

Cap. 11,

cuando aparece a escena ese señor Hipólito, todo andrajoso, y solicita a mi compañero le permitiera bailar con él, a lo cual yo me opuse, pero el insistía en bailar conmigo, si o si.

Se suscitó una discusión entre ese señor Hipólito y el señor Francisco, porque ese señor Hipólito quería que yo bailara con él de cualquier modo, y me acusaba de odiarlo.

Mi novio se había recostado en el banco, como previo le dije, y por el cansancio parece que estaba dormitando, cuando hubo una pelea con el compañero de baile de ese momento, el señor Francisco Gutiérrez, y ese señor de nombre Hipólito quién tenazmente insistía en bailar conmigo, y acusándome de discrimen por el color de su piel, y mi apariencia física, etcétera, etcétera.

Ese señor Hipólito estaba muy enojado con mi pareja que bailaba conmigo por un instante, hasta que Mario mi novio regresara. Este señor se acercó a mi pareja y lo empujó con tantas fuerzas que mi pareja perdió el balance y cayó de lado. Pero se levantó de inmediato y le asestó una bofetada a Hipólito quien cayó de espaldas al pavimento. Mi pareja, el señor Francisco se le fue a encima a Hipólito, y este, Hipólito, sacó un puñal que llevaba consigo, y se lo clavó en el pecho al señor Francisco, quedó muy mal herido.

Cap, 12,

Alguien llamó a la policía, quienes respondieron al instante. Vinieron los agentes y una ambulancia, lo llevarían al hospital en estado de emergencia Entiendo que tendrá que habrá sido sometido a una intervención quirúrgica. Le habrán realizado alguna cirugía No sé qué habrá sido de ese señor, si estará vivo o muerto, pobrecito, por mi causa. Fue entonces, cuando ese Hipólito me raptó, me tomó como su rehén, secuestrándome de la Plaza utilizando su puñal, y con amenaza de muerte, me llevó cautiva hasta ese lugar, desde donde me le escapé, utilizando un ardid que funcionó muy bien, gracias a mi D'os. "

-"¿Puede explicarme en corto detalle, cual fue el ardid, señorita? "

-"Mire señor oficial, era mi ultimo recurso, si no hacia lo que llevé a efecto, lo siguiente era mi inmediata muerte esa misma noche, asi que, "me la jugué fría" como dice la gente en casos similares. "Yo sudaba un sudor frio, y mis manos mis piernas me temblaban. Hipólito me tocó la cara y me preguntó que, si estaba enferma, porque estaba fría como hielo. Me preguntó que si yo sabia conducir automóviles, a lo que le respondí que, nunca había conducido un automóvil. Le dije inclusive que yo estaba con la enfermedad mensual de nosotras las mujeres, y que no me sentía muy bien de salud. Aproveché que no me estaba mirando, me metí dos dedos dentro de la boca y me produje un rápido bonito. El al verme vomitando me dijo que me fuera al carro. ---"Me puso las llaves del auto en mis manos, y sentí que del cielo vino como un aire suave que me dio fuerzas. Entendí que D's estaba conmigo, eso me llenó de energías, y esperanza, no había ingerido alimento en todo el día pasado, ni durante la noche.

Cap. 12

Generoso, guardaespaldas y sicario de Hipólito, llamó muy preocupado a Hipólito desde dentro del palmar, solicitándole que, pasara por la playa, porque, su amiga, Justa Baca se le había desaparecido en el agua, y temía lo peor, tal vez se haya ahogado, muy apurado, gritaba el hombre. -"Me dirigí al carro que estaba como 200 pasos de mí. Andaba ligero, pero, sin correr, mientras Hipólito iba introduciéndose dentro del palmar, en dirección al mar, en busca de Generoso. El mar quedaba cerca de donde yo estaba. El sonido de las olas podía escucharse claro desde donde yo estaba escuchaba, parecía que había oleaje muy fuerte esa noche, los informes de meteorología advertían de un sistema de huracán que se había formado en el Caribe, y que Puerto Rico seria severamente afectado. Eso podía leer en mi teléfono móvil, que dicho sea de paso, ya le quedaba muy poca carga eléctrica, y necesitaba cargarlo, pues lo necesitaba para llamar a Mario, privilegio del que estuve impedido por parte de esta bestia salvaje. Logré llegar al auto, traté de introducir una de las lleves, pero esa no era, luego traté con otra, esa sí. Halé poco a poco la puerta, hasta quedar suficientemente abierta, lo suficiente que me permitiera entrar. Señor oficial, para ser breve, cuando estaba tratando de encender el motor, apareció Hipólito, pero pude arrancar a toda velocidad hasta llegar hasta este lugar. El quedó allí, muy enojado, tal vez tramando como venir detrás de mí, y esto me aterra, señor teniente. "

Cap. 12,

-"Señorita Fanny, no tiene de que temer de aquí en adelante. Usted estará igual de protegida que el mayor personaje pelítico de esta isla. Su novio está esperando en el Recinto Policíaco del Área Metropolitana, Yo me comunicaré con el Capitán y le haré saber que usted está bajo mi protección, y será trasladada hasta ese recinto bajo fuerte custodia, con cinco vehículos de la policía blindados, para reunirse con su novio Mario. Esta noche le estaremos echando el guante a ese criminal, pero, le advierto, que, no salga usted de aquí sin nuestra protección. Esta noche podría suscitarse aquí un tiroteo, ese individuo está protegido por otros criminales tal vez peor que Hipólito. Sobre esa mujer desaparecida en el mar habremos de rastrear hasta al fondo del agua, hasta que demos con ella. Nuestros busos se encargarán de ese asunto. Tenemos que arrestar a ese tal Generoso para interrogarlo, sobre esta desaparición. "

De pronto, un automóvil sospechoso pasó bien despacito frente al restaurante, e hizo una corta parada por algunos segundos más abajo, y retornó lentamente en reversa, con sus luces apagadas al área de estacionamiento, mientras era observado por el teniente a través de una pequeña ventana. Por precaución, el establecimiento había sido cerrado, y los empleados y mujeres retornaron a sus casas. y en el interior solo había media luz.

Cap. 12,

-''Señorita Fanny, por casualidad, ¿había visto usted con prioridad ese auto?''

-'' Señor teniente, a la verdad que, durante el poco tiempo que estuve en ese sitio, cual creo que tiene por nombre Piñones, nombre cual ni quisiera pronunciar, y mientras caminaba hacia el vehículo de ese señor Hipólito que estaba estacionado a la entrada de ese litoral, pude ver un auto estacionado al lado de una de esas fritangas, muy parecido a ese fantasma auto que pasó por aquí hace algunos minutos. Pero como reza el refrán: ''de noche todos los gatos son negros.'' Creo que el Mustang que le quité a ese señor, no fue el único fabricado.''

-''Quiere decir usted que, puede ser un punto de arranque para comenzar una investigación sobre la posibilidad del origen del robo de ese auto. Creo por su declaración que, ese auto, si fue robado, lo fue en Piñones; esto lo afirma lo rápido que acontece la aparición de ese auto aquí. Por lo tanto, tiene por lógica que, ese auto tal vez fue robado a uno de los tenderos. Allí mismo, donde usted vio a un auto parecido. Tiene usted una mente fotográfica, señorita. Debió usted de haber sido policía. Creo que, empezaremos esa investigación de robo, donde comenzó el robo. Nos ha ahorrado usted tiempo y trabajo, señorita.''

Cap. 12,

MARIA

El día amaneció por donde mismo amanecen todos los días, pero esta vez muy nublado y con fuertes ráfagas de viento, no había mucha lluvia todavía. No sería hasta el próximo día, cuando tocaría tierra el fenómeno atmosférico. En la calle, los muchachos corrían sus bicicletas de forma irresponsable de arriba para abajo cruzando al frente de los automóviles, haciendo enojar a los conductores por la peligrosidad que constituía el acto. Otros corrían con sus tablitas de forma negligente, divirtiéndose en grande, porque no había clases en las escuelas en ese día, tampoco el próximo, de no haber mucha destrucción. Todos los noticieros advertían que, el día del huracán podría ser uno de gran calamidad para todo Puerto Rico. Muy lamentable podrá ser para los que se hagan de oídos sordos a las instrucciones del gobierno para que abandonen las áreas vulnerables, las calles, y los duros de cerviz que quieran quedarse a la intemperie para observar el huracán, o hacer demostraciones de valentía, con el pretexto de que querrán auxiliar a los que necesitaban ayuda. Muchos buenos ciudadanos que tenían residencias fabricadas en concreto estaban albergando en sus hogares a aquellos que no las tenían. Los que se quedaran fuera de algún refugio, ya entrado el huracán, estarían en peligro de perder sus vidas, porque una vez hubiera hecho entrada el

Capt. 12,

destructor meteoro, no habría personal de emergencia del gobierno para socorro. Los negocios de ventas alcohólicas, tendrían orden del gobierno de permanecer cerrados, pero los que no podían abstenerse de injerir alcohol, las compraban con anterioridad de la orden ˝seca. 'Las oficinas gubernamentales permanecerían cerradas. Los grandes supermercados estaban abarrotados de gente que hacían largas filas para entrar y apertrecharse de toda clase de alimentos, vaciando las góndolas. Mas parecía un día de fiesta para mucha gente, que un día de preocupación, por lo que se esperaba

-˝Todos los años vienen con la misma cosa, que viene un huracán, que nos refugiemos, que compremos alimentos antes de cerrar los establecimientos comerciales, y al final, nada pasa, no vino el huracán, no cayó ni una gota de agua, ni se cayó una mata de plátano.

-˝Pero, esta vez compré ron y cerveza para pasarlo chévere, bien contento en mi refugio; ˝ decía en sarcasmo un ciudadano, con una botella de ron metida en su boca.

El día 20 de septiembre de 2017, perdieron sus vidas 4,645 ciudadanos puertorriqueños, a causa de ese fenómeno atmosférico, irónicamente, llamado María.

Cap. 12,

Fanny había sido trasladada a La Comandancia de La Policía em Hato Rey, para estar con Mario.

Juan lo había convencido para que se fueran con él a su residencia para pasar allí el huracán, y de haber necesidad de abandonar las, residencias, los edificios tenían

albergue en el sótano para todos los residentes. Fanny lloraba sin cesar por la alegría de poder regresado junto a Mario. La policía recomendó que permanecieran en el Recinto Policíaco, donde había más seguridad.

El prostíbulo donde había llegado Fanny en busca de ayuda, estaba lleno de policías, y a algunas mujeres la policía las sacó y las llevaron a sus casas, a otras que tenían propia transportación les indicaron que se fueran en sus propios autos, y llevaran a sus casas a las que no tenían. El automóvil de Hipólito permanecía estacionado en el establecimiento del frente, como carnada, para poder agarrarlo.

Eran las 5 de la mañana de la mañana y llovía a intervalos. Pasado un día, el Huracán María estaría tocando tierra puertorriqueña, y desde ya comenzaba a sentirse violentas ráfagas de viento que

Cap. 13,

comenzaba a preocupar a la gente. Todavía La Compañía de Electricidad no había cortado el suministro de energía eléctrica, pero, lo haría tan pronto el huracán entrara, para evitar serios y lamentables accidentes. Muchos cables se caen cargando altos voltajes, y eso es un enorme peligro para quienes por accidente logren tocarlos.

María fue como un desastre épico; por todos los lados había un indescriptible caos. Mucha gente desaparecida, muchos corriendo calle arriba y calle abajo, buscando a sus familiares, quienes habían desaparecido de un día para otro, y no había forma de conseguirlos, pues fueron muchos los que desaparecieron para siempre. Casas que habían sido construidas en el tope de lomas, volaron como papeles y fueron a caer a millas de distancia.

Fanny lloraba desconsoladamente, mientras Mario con dificultad trataba de consolarla.

Estuvo casi en el filo del cuchillo de Hipólito, y pensaba llorosa como había sido liberada de las manos del horrendo criminal que la había raptado; se lamentaba a gritos, no podía dormir, los nervios la destruían. Una enfermera graduada le proveyó de algunos medicamentos para el sueño, tomo dos pastillas y cayó en

Cap. 13.

un profundo sueño de donde no despertó en toda la noche.

Mientras dormía, soñaba, y pedía en el sueño a Mario, a Juan y a Myriam que la perdonara por no haber escuchado sus consejos, para irse a su hogar en el Condado, pero, ella no hacía caso a sus consejos y pedidos para que abandonaran la plaza, porque solo ella quería divertiste, y esa era todo su deseo. El teniente les sugirió a Juan y a Myriam que, debido a la peligrosidad huracán no bebían de regresar a su condominio en el Condado por motivos del huracán, que ya estaba entrando por el Este de Puerto Rico, y ese sitio era un enorme riesgo muy peligroso. El huracán tendría vientos de 200 millas por hora, y levantaría olas de sobre 100 pies de altura. Estar tan cerca del océano, era un riesgo mortal. De inmediato ordenó al cabo, para que fueran al lugar de suministros con otros dos agentes y dos conserjes, y trajeran cuatro camas, almohadas y con que cubrirse del frio. El teniente habilitó un cuarto con dos camas para las mujeres y otro separado con dos camas adicionales para para los hombres. Dos mujeres para atender a Fanny y a Myriam. Juan y Mario durmieron en camas separadas. Las plantas automáticas para proveer electricidad en caso de un corte de electricidad fueron conectadas para que arrancaran automáticamente, en caso de que se cortara la energía eléctrica de las líneas de suministro general.

Cap. 13

Los conserjes que no tenían casas muy seguras fueron llamados con sus esposas e hijos, si no tenían donde pasar seguros la noche, pagándole doble de tiempo por el trabajo, y dieron asistencia dentro del cuartel policíaco. Estos cooperaron trayendo las almohadas, sábanas y colchas para el uso de los que dormían pudieran cubrirse, y limpiaban el agua que entraba. Pusieron pantallas de televisión en cada cuarto para los que quisieran pudieran seguir el paso del huracán. Las mujeres prepararon café, muchas galletitas fueron traídas para que los que no se querían acostarse pudieran ver algunos canales que estuvieran trasmitiendo Cuando en la noche el huracán azotó en su apogeo, el edificio entero precia como si fuera a derrumbarse, dejándose sentir silbidos, seguidos de ensordecedoras explosiones, mientras algunos, miraban a través de las ventanas, mirando entre las celosías se observaban techos enteros de una que otra casa de madera, que iban volando. Enormes árboles cuales pedacitos de papel, y techos enteros se levantaban volteaban y se estrellaban contra edificios, convirtiéndose en añicos. Un muchacho como de 16 años llegó hasta la puerta del cuartel, de policía y tocaba desesperado para que le permitieran entrar, se estaba asfixiando.

Cap. 13,

Las calles estaban desiertas, las ráfagas de viento azotaban sobre las puertas y ventanas con furia. El sargento, apiadado de aquella criatura, utilizando tres policías permitieron ir abriendo la puerta poco a poco para salvar al muchacho que estaba a punto de perecer. Fue tal vez uno de esos muchachos testarudos, que esperaron afuera demasiado tiempo, tal vez desoyendo las instrucciones de la policía. Pero, el muchacho tuvo mucha suerte de perder su vida. La policía, junto a los demás empleados fueron abriendo poco a poco la puerta trasera para permitir que la presión del aire no fuera hacer explotar el interior de la premisa, mientras otro policía pudo, agarrar al chamaco, y lo fueron introduciendo dentro del salón hasta tenerlo a salvo. Como el trabajo dentro requería de mano de obra, y el joven estaba por los 17 años, le solicitaron que si quería ser voluntario para ayudar a los demás empleados que estaban haciendo trabajos internos. Mucho gua de la lluvia entraba por muchas partes, había que sacarla usando mapos, pues la presión del viento hacía que esta se colara por cualquier rendija, y por entre ventana y ventana, y por debajo de las puertas.

Cap. 13,

De súbito, se escuchó un tiroteo de armas de fuego, y algunas balas fueron a dar contra de la pared de cemento del edificio. La policía puso en alerta una división choque tipo militar, de camiones y otras unidades blindadas de asalto, y oficiales portando armas largas salieron por todas partes, convirtiendo en un instante el recinto en un frente de guerra.

Una llamada de parte del teniente que permanecía dentro del prostíbulo, junto a cinco otros agentes policiacos llamó al capitán de la policía haciéndole constar que se había suscitado una balacera contra el edificio donde el y otros agentes permanecían estacionados, pendiente del bandolero Hipólito, que parece que estaba tras el asecho de Fanny, y la quería viva o muerta, y había estado dando rondas por el área del prostíbulo, pues arece que tenía alguna presunción de que tal vez ella estuviera con ellos dentro.

-´´ Teniente, un camión militar blindado de la Guardia Nacional ya está de camino hacia allá con 10 policías militares de asalto. La mujer que él busca está con nosotros, junto a su novio Mario. Ambos están muy bien protegidos; son turistas españoles, a quienes les ha tocado ser víctimas de uno de los crímenes que se han estado suscitando en nuestras calles, de día a día.

Cap. 13,

LA VIRAZON

Ambos han sido amenazados de muerte por esa basura de nombre Hipólito, y ese parece que anda con una pandilla que lo protegen, y son violentos criminales. Pero esta vez le habremos de echar el guante y van a ir presos por el resto de sus vidas. No hace media hora hubo unos disparos contra este edificio,

y parece que tenemos algunos daños menores sobre la pared del frente. Hemos activado La guardia Nacional por orden del Gobernador, y le aseguro teniente que, esta noche de tormenta le echaremos mano a esa sabandija. Cuídese mucho de ese individuo, no lo piensen mucho para abrir fuego contra ellos, los queremos muertos o vivos. ˮ

María ahora era la protagonista, sumamente violenta, se hacía lo que a ella le viniera en gana, y hacía temblar todo el territorio. Arboles eran arrancados como simples arbustos de jardín, y techos de casas volaban como pajaritos de monte. No era la mejor noche para estar afuera. Ruidos raros se escuchaban mientras el viento huracanado arremetía con ímpetu sobre casas y árboles. A eso de media noche hubo una bonanza. Los vientos amainaron y mucha gente salió de los refugios y de las casas, para contemplar el desastre que ya había acontecido en parte. Muchos muchachos comenzaron a jugar en la calle, y a caminar sobre los escombros.

Cap. 13,

El huracán esta apenas comenzando, y muchos sucesos habrán de acontecer. Cantidad de casas ya habían desaparecido, sin saber

y no se sabía adónde fueron a parar. Muchas madres buscaban a sus hijos sin ningún resultado, se habían quedado con amigos, y ahora, ni ellos ni los amigos estaban, ni tampoco las casas donde habían vivido todas sus vidas, solamente se oían los lamentos de sus padres, sus hijos habían desaparecido. La policía había comenzado a patrullar algunas calles que lo permitían anunciando a la gente que se volvieran a sus casas, el huracán no había terminado, solo se trataba que el centro del huracán estaba pasando, y se aproximaba la otra parte del centro que traería vientos más aterradores que los anteriores, pero la gente joven no entendía, la mayoría nunca habían visto un huracán.

De pronto se dejaron escuchar unos ruidos monstruosos que, unos decían que procedían de la montaña, el Yunque, otros decían que, de la Cordillera Central, las montañas del centro de la isla, una belleza natural. A la distancia se veía como el monstruo arrancaba casas y arboles y volando desaparecía todo lo arrancado, dejando detrás devastación y lágrimas. La gente más vieja decía: -´´viene la virazón, todo el mundo debe de mantenerse dentro de las casas y los refugios, que esto es ´´la virazón. ´´ En realidad, no era una

Cap. 14,

"virazón", se trataba del vórtice, o la otra mitad del huracán que estaba pasando, la otra, entrando, y mientras ese proceso se realizaba hubo una temporera tranquilidad engañadora, que, podía confundir a los ingenuos, quienes pensaban que ya había todo pasado. Pero no, lo próximo sería lo final, tal vez la mitad, más destructiva.

Fanny ya no estaba secuestrada, dormía en una cómoda cama junto a Myriam, y otras jóvenes que estaban refugiadas, Mario y los demás caballeros dormían en el contiguo cuarto para hombres.

Allá, en el establecimiento para mujeres "alegres", permanecía un destacamento de policías camuflajeados, pendientes de lo que podría suceder. Hipólito, parece que andaba con una pandilla de malhechores, tratando de encontrar a Fanny para desquitarse, y se esperaba que pronto habría de regresar por su automóvil, y la policía lo estaría esperando para agarrarlo, vivo o muerto.

María pasó, pero, no como otras Marías, esta no dejo agradables fragancias, ni memorables recuerdos, como otras Parecía que había sucedido una guerra épica de las epopeyas de las fantasías de los llamados dioses griegos. Todo era un caos. Mucha

EL DIA DESPUES

Cap.14,

gente desaparecida, María había dado cuenta de ellos. Al día siguiente en muchos hogares solo había llantos, familias enteras habían desaparecido, cantidad de casas también habían desaparecido, no se sabía adónde habían ido. Las violentas ráfagas del viento habían arrancado todo a su paso. Toda finca sembrada había amanecido pelada de arriba abajo. Los árboles frutales parecía que mas de la mitad habían desaparecido, los platanales fueron arrancados desde sus raíces. Las carreteras se habían destruido y no había comunicación con los otros pueblos limítrofes, ni barrios y todo lo que se oía eran lamentos. Muchos animales muertos a la orilla de las carreteras. Los árboles de panapén que siempre en esta época están produciendo fruto, ya no, el huracán los había desaparecido. El gobierno federal de Los Estados Unidos, junto con el gobierno insular hicieron un estudio de los daños, y a la semana ya había comenzado la reconstrucción y reparación de casas, carreteras, y el complejo sistema eléctrico y pluvial, fue reparado. poniendo a Puerto Rico de pie en cuestión meses.

Fanny había sufrido una afección de su sistema nervioso por las horas difíciles que le costó vivir debido al secuestro y estaba siendo medicada, y mejoraba considerablemente bien. Juan y Myriam habían sacado pasajes para viajar a España con ellos para las bodas de Fanny y Mario.

Cap. 14,

Juan será el padrino de las bodas, y Myriam la madrina. La madre de Mario en Espa izo arreglos para proveerles alojamiento en su casa. Al su regreso a Puerto Rico comprará condominio en el piso no. 12, que queda al lado del de Juan y Myriam. Hipólito regresó por su automóvil junto a Generoso. No tenían la menor idea de que la policía los estaba esperando, y cuando abrieron la puerta del auto, los policías portando armas largas le dispararon una refriega de balas. Hipólito y Generoso estaban mal heridos. Les amarraron sus manos a la espalda, llamaron a una ambulancia, y los condujeron al hospital. Hipólito no resistió las heridas y murió a causa de ellas. Generoso también quedó invalido por los disparos que recibió en su cabeza, muriendo 30 días después. El cadáver de Justa Baca fue arrastrado por las olas del mar, hacia la orilla siendo encontrado una milla más abajo por la policía, y llevado a la división de Medicina Forense del gobierno. Los expertos determinaron que ella había sido estrangulada por las manos de algún hombre, pero ya no había a quien acusar, Hipólito y Generoso estaban muertos. Unos agricultores, trabajando en la finca dónde Hipólito había escondido el dinero, dieron con los barriles llenos de dinero, quienes llamaron a la policía, el dinero fue entregado al Departamento de Hacienda, y asignado a los fondos de los asuntos de investigación de crímenes de drogas.

Printed in the United States
by Baker & Taylor Publisher Services